二度づけはあきまへん

新世界だるまが歩んだ90年

上山勝也
桜井ひろし

幻冬舎MC

二度づけはあきまへん

新世界だるまが歩んだ90年

※この物語は、実話を織り交ぜたフィクションです。

プロローグ　油と油の関係

「扱いますのはガソリン、軽油、灯油、A重油、C重油などの燃料油。業務は給油のほかに洗車、オイル交換、タイヤ交換、自動車用品も扱っております。それと車両点検ですな。また昨今言われだしたユーザー車検の代行もいち早く始めました。どうぞ車検費用の節約をお考えの際には、ぜひ当社へお声掛けいただけますよう……」

特徴的なアゴを突き出し、ニッと歯をむいて愛想笑いを浮かべた上山勝也。東大阪市を中心にガソリンスタンドを展開する山二興産の副部長である。生来のフットワークの軽さと押しの強さで、入社五年でここまで来た。社内ではデキる社員として新規事業を託され、対外的にはスポークスマンとして、出不精の経営陣に代わってこうした地元経済界の交流会へ出席し、挨拶を任されるのだった。

「え〜、あまり長話をしてると、油を売るのは商売だけにしとけ、と言われそうですので、このへんで終わりたいと思います。ご清聴ありがとうございました」

油屋ならではの挨拶で締め、一礼して下がる背中に、「上山様、ありがとうございました。今一度盛大な拍手を……」という司会の甲高い声に送られてホテル宴会場の舞台を降りると、部下の手塚が寄って来ておしぼりを渡した。

「お疲れさまでした」

「どやった？」

「まずまずですわ……」

「お前、偉そうに言うなぁ」

「これ、何回も鳴ってました」

渡された携帯電話の着信履歴を見ると、先輩からだった。すぐかけ直さないと機嫌を損ねてしまう、と思った瞬間にガラケーが震え、上山も一瞬ぶるった。

「先輩すいません……」

「オレや。今どこや」

「なんべんも電話もらいまして。会社の寄り合いで、壇上で喋ってましたんや」

「そうか。あのな……今から出てこられへんか」

「今からですか……」

「そや。ちょっと折り入って話したいことがあるんや。急ぎやねん」

「分かりました。そうですね、三十分もあれば行けると思います」

「おお、ほな新世界で待ってるわ。超特急で来てくれ」

「はい……」

先輩はいつも突然である。こっちが営業時間だろうがなんだろうが、お構いなしだ。ため息をこぼす上山を見て、手塚は心配そうに尋ねた。

「副部長、なんか急用ですか」

「ちょっと行かなあかんようになった。すまんが、先に会社帰ってポイントカードの強化策の件、進めといてくれ。若い奴らのケツ叩くんやぞ。あいつらすぐサボろうとしよるさかい」

「分かりました」

急いでおしぼりで顔を拭いていると、主催者から声が掛かる。

「なんや上山さん、もうお帰りですか」

「すいません。ちょっと用事ができまして。ナニのほうはまた今度お願いします」

「そうでっか。ほな近いうちに」

車を走らせながら上山は思った。先輩に呼ばれたら、ええオッサンになった今でもすっ飛んで行く。高校生やあるまいに……と思うが、仕事を動かしてまで飛んで行く自分に、我ながら身に染み付いたもんやなと苦笑いするしかなかった。

先輩の名前は赤井英和。俳優であり、〝浪速のロッキー〟と呼ばれた元プロボクサーである。

中学時代、生野区でちょっとやんちゃをしていた上山は浪速高校へ進み、強いといわれるボクシング部へ入ろうと門を叩いた。部室にいた赤井を見て固まった。えげつない額の剃り込み、口ひげ、ぶかぶかの長ランは、この間まで中学生だった上山をビビらすには十分な風貌だった。「こんな奴がおるんや……！」と一瞬ためらったが、その場で入部を決め、先輩赤井に教えを乞うことになった。赤井は入部したての頃、当時の先輩から「噛んだらアカン、蹴ったらアカン、そこだけ守ったら、あとはとにかく目の前の相手をどつき回したらエエんや」と手荒い教え方をされて懲りていた。自身が強くなるために通っていた町場のボクシングジムで学んだ技術を持ち帰り、後輩たちに基本のフットワーク、ジャブの打ち方などを指導してくれた。

上山はボクシングでは芽が出なかったが、赤井はプロ転向後も十二連続ＫＯをやってのけるなど、後輩たちのカリスマだった。豪快が服を着て歩いているような男で、間違いなくあの時代、赤井は大阪の名物男の一人だっただろう。

「お〜、こっちや！」

店に響きわたるような音を立てて残りのミックスジュースを吸った赤井は、上山が席に着いたのを確認すると、ひと呼吸おいてから喋り出した。

「実はな……だるまが、閉める言うとんねん」

「えっ、そら急な話で、なんでですか？」

「おやっさんが目を患いはってな。子どもらは店継がへん言うてるらしいし、思い切って閉めることにしはったんや」

「そうですか……。そらまた、残念な話ですね」

「そや、残念なこっちゃ。だるまが閉めるいうことは、串かつという一つの食文化が消えるいうことや。それは大阪の大きな損失やろ。こらエライこっちゃ思って、慌てて店行ったんや。おやっさんになんとか思い直してもらうように説得したんやけど、意志が固うてな」

「あきまへんか。そやけど、だるまみたいな有名店、権利だけでも譲ってほしい言う人がいてはるんちゃいますか」

「うん、いくらでもそんな話あったらしいけど、頑なに断ってきたみたいやねん。そこでや……」

赤井はたばこをぎゅっと消して、身を乗り出した。

「おやっさんが言うには、そこまで熱心に言うてくれはるし、長年常連の赤井さんが継いでくれるんやったら、店を譲ってもええ……と、こない言わはるんや」

「先輩が継がはるんでっか」

「さあ、そこやがな。ちっこい頃から通てる店やから『だるま』の名前は残したいけどな。けどワシ、今すぐ役者の看板下ろして串かつ屋始める訳にはいかへんがな」

「そらそうですわ。ようけ番組あるし、ＣＭの契約かてあるんちゃいますの」

「せやねん。そこでものは相談っちゅうやつや……」

赤井は間をとって、一気に言った。

「上山、お前やってくれ……」

「うっ……」

——息止まったわ。大概突然やけどな、この人。先輩ちょっと待ってください。こっちにも仕事はあるし、部下かております。食わさなあかん嫁子もいてまんねん。このまま平穏にいけば、会社の上層部ぐらいまでいけるかもしれませんねん。先輩がだるまの串かつ好きなんはよう知ってますけど、こっちにはそないに串かつに思い入れありませんねん。第一、だるま一軒閉めたかて大阪の食文化が終わるわけないですやん……。

「何ぶつぶつ言うてんねん」

「なんでもありません」

「どないや、この話……」

「先輩。これは自分にはだいぶ大きな決断になりまっさかい、三日……いや、一晩考えさしてもろてよろしいですか」

「ええよ。ほな明日、答え聞かしてくれるか」

「分かりました」

――えらいことになった。ガソリンスタンドのチェーン店本部副部長から、串かつ屋のオヤジに転身ってか……。

この話が降って湧いた一九九〇年代末、国内の新車販売台数はピークから減少期に入り、ガソリンスタンド業界も先行きに不安を抱えながら活路を探り始めていた。赤井先輩は十社以上のCMをこなし、ドラマに映画に舞台に、むちゃくちゃな忙しさだった。今でこそ、「先輩、それはちゃいまっせ……」ぐらいのことを言えるようになったが、当時の上山にノーの選択肢はなく、それはこの件についても同じだった。あとは赤井先輩の名前が出る以上、そこに傷が付かないようにしなくてはならず、その責任の重さに即答を避けたに過ぎなかった。

上山は家族に串かつ屋へ転身することを伝えてみたが、嫁はんは亭主の今の仕事でさえよく分かっていないので、新規事業で飲食に変わるぐらいに思ったかもしれない。

翌日、赤井への電話口で、「昨日の件ですけど、お受けします……」と言うと、

「そうかぁー、そら良かった！　ほな早速、今からだるまのおやっさんに会いに行こ！」

「今からですか……！」

仕事のほうは急に辞めることもできないので、当分は二足のわらじを履くことにした。上山

も赤井も知るボクシング部直属の後輩で大企業に勤め、転職も考えていたらしい内田 修を社長に立てて、自分は会長として経営に参加することになった。

第一章　老舗の新たなる船出

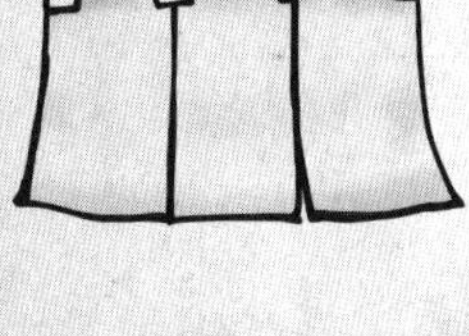

通天閣から南へ向いて三本目の路地《ろうじ》を東へ十メートルばかり。奥に新世界座という映画館があった手前。ひときわ昭和のたたずまいを残す小さな店に、「串かつだるま」の色あせた暖簾が揺れていた。

赤井と上山の来訪を喜んだ店主の眼帯姿は痛々しかったが、身体のほうは予想以上に元気だった。

赤井は意中の店が生き残ったことと、自分の望みどおりに事が運んだことにすこぶる機嫌が良く、ポンと手付金を出してくれた。ひとしきり事務手続きの話が終わり、「初代の頃から残ってるものって何かありますか」と上山が尋ねると、「そうやねぇ……」と考えた主人は二人を店先へと連れ出した。指さす屋根のその奥には、今まで何度となく来ていたのにまったく気が付かなかった、古ぼけたコンクリートの塀がそびえていた。

「あれは戦前からずうっとある防火壁。あれがウチでいちばん古い……」

だるまの三代目、百野《ももの》貴彦《あつひこ》は口数の少ない仕事一筋の真面目な男だった。一言でいうと愛想がない。常連客からは「べんちゃらの一つも言えんのかいな」と呆れられた。それでよく四十年以上も生き馬の目を抜く新世界で商売できたな……と上山は心から感心した。ボケたり、ツッコんだり、オチをつけないことには気がすまんという大阪人のステレオタイプに当てはまらないケレン味のなさだった。だが、適度にほっといてもらえるこの距離感がええのやという客も少なくなかった。後日、新聞記者にインタビューされた貴彦は、「後継ぎがいなくていいったんは諦めた店です。続くのはホンマにうれしい……」と答えた。

二〇〇一年（平成十三年）の八月からだるまの店主は代替わりし、あとを託された上山は責任の重みを全身で感じていた。

「代替わりの期間は三カ月。何がなんでも十一月には再開させるんや」

上山の言葉に大きく頷いたスタッフは、社長の内田を入れて岸本・伊藤・江森の四名。これ以上いても三坪十二席の店には入りきらなかった。俄づくりの従業員は全員がボクシング部の後輩で、飲食に関してはまったくのド素人。他人に喜んでもらおうなどと考えたこともなく、目の前の相手をどつき倒すことばかり考えてきた連中だった。

——そやけどホンマに輝かしい戦績を上げとったら、ここにはおれへんわな……。

彼らは青春を賭けて頂点を目指してきたが、今一歩自分を追い詰めきれなかった者たち、夢なかばで断念した男たちだった。ただ一人江森だけはまだチャンピオンへの夢がくすぶっていて、トレーニングを続けながらバイトで入っていた。

一度、同じボクシングの虫に刺された男として、上山も赤井もその気持ちはよく分かっていた。しかし夢は夢、どこかで見切りをつけて現実に踏み出さねばならないということも知っていた。

「夢破れし者たちの串かつ……か」

スポーツ月刊誌のタイトルぐらいにはなりそうやな、と上山は笑った。

一応は内田を社長にすえたが、上山はちょっと心配だった。会社の歯車の一つとして働いてきた人間と、自分のように叩き上げで副部長まで駆け上がり、社内で別会社をつくり、営業から社員募集、研修まで全部任されてきた人間とでは商売に対する温度差が違っていた。だが、対外的には自分が出られない以上、内田のケツを叩いてやらせるしかない……と考えていた。

新調した白衣で全員を並ばせると、どいつもこいつも飲食店の従業員には見えなかった。

「お前ら顔がコワイんぢゃ、顔が！　それがお客さんに入ってくださいいう顔か！　もっとニッコリせえ！　口角上げんかい！」

ボクサーは敵のクリーンヒットを食らっても、なんにも効いていないような顔をしているもので、急に「笑え」と言われても笑えるものではなく、ぎこちなく歯を見せると地獄の案内人みたいになってしまうのも無理はなかった。笑顔の作り方から教えなあかんのか……と上山は先が思いやられた。

さらに問題は肝心の味をどう引き継ぐべきかということだった。飲食となると、これまでのやり方とはどうも勝手が違った。ことさら四代目になってガラッと生まれ変わった新生だるまの味を出したいわけではない。赤井先輩が残したいと願ったあの味でないと。上山としては「ああ、変わらんなぁ」と言われたほうがよほどうれしかった。けど、代替わりするとそれまでの常連客から「味が落ちた」だの「味が変わった」などと言われることが多い。

こんな話がある。ある店で、主人が料理を仕込んで手洗いに行っている間、定位置へ若い職人を立たせていた。そのタイミングで来た常連客が一口食べて、「アカン、味が変わった、全然違うやん」。言うてるところへ手を拭き拭き主人が戻り、「どないかしはりました?」「あ、これ、ご主人が作りはったん?　やっぱりうまい!」などと言ってのけるのだから始末が悪い。あんた、言いたいだけやがな……。味覚というのはそれぐらい不確かな、気持ちひとつで感じ方も変わってしまう微妙なもんやというのは分かるが、言われりゃ腹も立つ。

こうなったら、なんにも変えないことにしようと決めた。先代のやり方をそのまま、作り方も素材の仕入先も忠実に引き継ぐことにした。ぶっちゃけると、素人過ぎて技術もアイデアもないし、変えようもなかったというのがホンマのところであった。

徹底的にだるまの串かつを叩き込むため、先代の奥さんハルヱに来てもらった。

「ウチの油は創業以来、ヘット(牛脂)やねん。すき焼きの肉買《こ》うたら白い四角いケンネ脂が付いてくるやろ。あれを精製したのがヘットや。安いのは白う固まってるけど、ウチのはちょっと高いやつなんでバターの色してるやろ?　風味かて違うで。ええ油使ったら高温まで上げられるし、いたみにくいんや」

「串三本!」「串五本!」などとまとめて注文するのは古い客である。この場合の串とは、串かつを指し、串かつイコール牛肉串のことだからややこしい。つまり串かつという料理の代名詞でもあるのが牛肉。要するに、この牛肉串がうまく揚がってないことにはこの料理は成り立たないのだ。

「ウチの牛串よう見てみ、先から見たら真ん丸やろ。全体にも丸みがあるように揚がってる。

これでないとだるまの串かつやないんや」

牛肉は細長いのぼりのような形に切り分けられている。これに小麦粉などを溶いた衣とパン粉を付ける作業があるが、最も大事なのはスピード。ぐずぐずしている間に衣の形が崩れてしまうからだ。そして均等に熱が入るように油の中で泳がせる。揚げ切りのタイミングはうまそうなキツネ色であり、泡がプチプチと小さくなってきたあたり。揚げたてアツアツの牛串を試食した。カリッとしてサクサク食べられ、不思議なほど脂っこくないことに一同は改めて舌を巻いた。

「最後は感覚やからな。数を揚げて食べてみて、身体に染み込ませるしかないな……」

油は百八十〜百九十度の高温に保つ。これに次々と注文されたネタ（串）を入れていく。ハルヱは造作もなくポイポイと串を放り込んでいるように見えるが、ネタを取り上げて、小麦粉などを練ったボウルの「衣」にくぐらせ、細かい「パン粉」を付けてサッと油へと入れる。この一連の流れをよどみなく数秒で行う。なんでもないように見えるが、利き手ではない左手の作業というのがどうにも真似できなかった。

「生地をトンと付けて、パン粉をトンと付けて、油へパッと入れる。トン・トン・パッ……このリズムが大事なんやで」

全員で反復してみる。トントンパッ、トントンパッ、口で言うほど身体は簡単に動いてはくれない。このリズムを身体に覚え込ませるにはどうすればいいのか。

「トントンパッ、トントンパッ、ウィーウィル・ウィーウィル・ロック・ユ〜、そや！　クイーンでいったらええんや！」

　自称ロック通の内田が大発見したように言ったが、さっぱり意図が伝わらず、即座にハルヱに「そんなんちゃうわ……」と一蹴された。

「左手で入れるのには、ちゃんと理屈があるんや」

　左手でネタに衣をつけて油へと放すと、即座に右手に持った菜箸で、油の中のネタを動かしたりさばいたりでき、効率が良かった。右手でネタを入れてから菜箸に持ち直す店もあるが、両手を合理的に使うのがだるま流だった。

「さあ、揚がった。串かつぃうのは揚がってからが見分けがつきにくい。どれがどれか分かるか？」

　ハルヱの言葉に、一同は口々に当て合いを始めた。

「そら分かりまっせ。シイタケでしょ、レンコンでしょ」

「こっちはシシトウやな、紅ショウガ、ウインナー……」

「そのへんは衣があっても分かりやすいな」

「これはタコかなイカかな、これはサツマイモかなジャガイモかな」

「優柔不断！」

「これは間違いなくウズラの玉子、この形はホタテとチーズやな……」

「あんたら、スカタンばっかり言うなぁ……どこに目ェ付けてるんや」

　一目で形が分かるように、具材の切り方に工夫がしてあった。タマネギは扇形にすることで分かりやすいし、しかもバラけにくい。アスパラは二本に切り分け、串の上下に斜めに刺す。基本的に衣は薄めにつけて何種類も食べられるようにしてあるが、芋やタマネギは衣を厚めにしてじっくり揚げると、素材の甘みが際立つようになるなど、無造作に揚げているように見えてそこにはきちんと理屈があった。

多くのことを同時進行で処理するハルヱの姿に「すごいな……」とスタッフ一同、尊敬の念を新たにした。

「ずっと同じことを繰り返しできる自信があるんやったら、そのうちあんたらにもできるようになるわ」

今まで何度となく赤井先輩と一緒に食ってきた串かつやったが、そもそもは新世界の労働者が腹いっぱいになるように、衣を大きくした食べもん……それぐらいの認識しかなく、どこか軽く見ている部分もあったが、いやこれは案外すごい食べ物なのかも分からんで……上山にはそんな予感がしてきた。

その頃、赤井はというと、レギュラー出演しているバラエティ番組でしきりにだるまのことを持ち出してくれていた。

「今度ね、後輩が新世界の『串かつだるま』を継ぎまして、今修業中ですねん。秋になったら再開しますから、いっぺん食べに行ったたってください」

赤井は、「オイルショックのときに野菜がえらい値上がりして、大概の串かつ屋はキャベツ引っ込めたけど、ここはずっと出し続けた男気のある店ですねん」としきりに言い続けた。持つべきものは先輩で、純粋に後輩のために広目屋を引き受けてくれるのがありがたかった。なかには「赤井が後輩にやらしてる、赤井がオーナーや……」などといろいろ言う人はいたが、そういう思い違いも含めて、使えるものなら使わせていただこうと、上山はあえてそうだとも違うとも言わないことにした。

上山が引き継いだ頃の新世界といえば、名前は知っているけれど実際に行ったことはない、という若い人が多かった。ほかにいくらでも遊びに行くところがあったというのもあるが、なんとなく敬遠されていた街だった。かつてルナパークと呼ばれ、映画や芝居などの娯楽産業で栄華を誇った残滓《ざんし》がそこかしこに感じられた一帯は、時代から取り残された正真正銘のレトロ感は漂っていたものの、昼間から酔って路上で寝ているオッサンがいたり、派手に女装した中年男が歩いていたりで、もともとは飛田《とびた》遊郭へと続く歓楽街でもあり、女性同士がふらりと立ち寄れるような街ではなかった。

上山自身も子どもの頃、親に「新世界は怖いから行ったらアカン」と言われていた。いったい何が怖いのか、お化けでも出るのかと思ったものだった。あそこは怖いぞ、行ったらあかんぞと言われたら人間、逆に覗いてみたくなる。ならば新世界はこんなところやでとアピールして、まずは知ってもらおうと考えた。

時代はちょうど、インターネットが普及し始めた頃。上山は前職での経験もあり、新世界を紹介するホームページを立ち上げることにした。たまに雑誌の特集などで、ディープサウスだのデンジャラスだのと書かれたら、「お前ら見とけよ……」とガゼン闘志が湧いてくるのだった。

二〇〇一年十一月一日、だるまはいよいよ新しい船出に漕ぎつけた。三カ月間みっちり鍛えられた従業員たちだったが、まだ頼りないという判断で、先代の奥さんハルヱに引き続き目を光らせてもらうことにした。

赤井のおかげで幕開けから順調にお客さんは入ってくれたが、店を閉めての修業期間とは違い考えられないような事件が起こった。

ある日、揚げ場を任されていた岸本は、ネタを油の鍋に入れる際、手を滑らせて、ボチャンと落下させてしまった。油がはねて、幸いお客さんへは飛ばなかったが、右側に立っていた伊藤のほうへ飛び散った。

「熱ッ……、何すんねん！」

「あ、わりいわりい」

「おい、なんやねんその言い方」

「なんやねんて、なんやねん」

「謝ってへんやないか、それ」

「謝ってるやないか」

「お前、熱いねんぞ。お前もかけられたら分かるわ（箸でチョイっとかける）」

「アヂッ！　お前、なんで油かけんねん、頭イカレとんな！」

「誰がイカレとんねん！　おもて出るかあ？」

「上等やんけ！」

そんな二人の様子を見たハルヱは呆れ果て、

「何やってんの、そこの二人……」

と内田の袖を引っぱった。

「コラッ！　二人ともやめぃ！」

慌てて内田が間に入って止めた。

「お前ら何考えとんねん！　お客さんの目の前でナニさらしとんねん！　ドあほ！」

と二人の頭を一発ずつ叩いた。

「すんません」

「つい、カッとなってもうて」

「何がカッとぢゃ。営業中やぞ、ホンマ。白衣脱いで、ドタマ冷やしてこい！」

内田は二人を店の外へ追い立てた。

内田から報告を受けた上山は、「ガキか、あいつら……」と呆れてものも言えなかった。だが、これはほんの序章に過ぎなかった。


予想以上に若いお客さんで全十二席が埋まっていたときのことだった。

「こっち、シシャモとレンコン、紅ショウガ」

「こっちは砂ズリとアスパラ、イカゲソ」

あちこちで飛び交う注文の対応に追われる江森。

「シシャモとウズラ、ナスビでしたか」

「ちゃいます。シシャモとレンコン、紅ショウガや」

「こちらは砂ズリとなんでしたか」

「アスパラとイカゲソやがな」

「そうそう、そうでした（注文書に書きながら）、はい、シシャモとウズラ入ります……」

「ウチはシシャモと違うで」

「はい、串かつ揚がった」と揚げたての載ったバットが渡される。

「えっと串かつはこちらで……」

「ウチはシシャモとレンコン、紅ショウガ、なんべん言わすねん」

「あ、すいません」

「串かつこっちや」

「あ、そっちですか」

「こっちのジャガイモとつくねは、まだぁ？」

「はいはい〜、えらいこっちゃ〜」

江森は完全にオーバーヒートを起こしていた。見かねた内田が「江森、落ち着くんや」と声を掛けても聞く耳を持たず、てんてこまいになっていた。

「ハイ、お待ち！　シシャモと砂ズリです！」

内田は慌てて、止めた。

「すんません、それまだナマですんで食べんといてください。これから揚げますんで。江森、目ェ覚ませ！」

「はい、すいません……」

「兄ちゃん、まぁ水でも飲んで落ち着いたら……」

客に言われてたら世話はなかった。

この手の話は、ほかにもある。

ある日、出勤時間に伊藤が泣きっ面で店に飛び込んできた。外は晴天なのに濡れネズミである。

「おはようございます！」

「おはようやあれへんがな、どないした」

「お前、えらいビチャビチャやないか」

「すんまへん！　壊してしまいました」

「何壊したんや！」

「べ、便器……」

一同、店外へ飛び出すと、ちょっと離れただるまのトイレから、水が屋根の高さまで噴き出していた。

「うわあ〜」

「お前、何しとったんぢゃ」

「すんまへん、着替えしてましてん」

「着替えしてるぐらいで、なんで便器壊れるんや」

「便器の上に乗って……」

「ドあほ！　自分の体重を考えろ！」

いつの間にか上山が出てきて、叫んでいた。

「内田！　水道屋呼べ！　水道屋！」

第二章　あれは現《うつつ》か幻か

見よう見まねで生まれ変わった新生だるまは、数々の小さなトラブルに見舞われながらも、なんとか回り始めた。

上山は新世界に小さな事務所を借りた。事務所のある路地を出て通りへと進み、左へ行けば店の方向。右にはぽっかりと開いたジャンジャン横丁の入口が見えた。

南陽通商店街の正式名称で呼ぶ者はほとんどおらず、古い客はジャンジャン町と呼ぶ。大正七年（一九一八年）にできた飛田遊郭への通い路で、当時はただ石見町《いわみちょう》と地名で呼ばれた。男性客目当てに一杯飲み屋・関東煮《かんとだき》屋が軒を連ね、各店で抱えるヤトナ（雇われ仲居）が三味線をかき鳴らす賑やかさから、ジャンジャン町と呼ばれるようになった。横幅二・五メートルでは大の大人がすれ違うにはいかにも狭く、まるで艦船の通路のようやと軍艦横丁と呼ぶ人もおったそうな。

上山が継いだ頃、ここには「八重勝」、「てんぐ」、「ちとせ」など串かつの重鎮の店が、それぞれの特徴を出しながらしのぎを削っていた。看板はウチのほうが古くても、上山自身はずっとあとから来たぽっと出に過ぎなかった。

「ここの先輩らを追い越すように、せいぜい頑張らなあかんのや……」

上山はしばしば従業員にハッパをかけつつ、この入口付近にたたずみ、人の流れの中にぼんやりと立ち止まるのだった。

店は赤井のおかげもあって、ぼちぼちお客が来てくれるようになり、外からは順調そうに見えた。初めて来るという若い客層が増えつつあるのも上山にはうれしかった。噂に聞く新世界に初めて足を踏み入れ、串かつを食べるのが一種、新鮮だったのだろう。串かつ自体は特に珍しくもないが、他人同士が共同で一つのソース壺を使うというのは、結構な衝撃らしく、この「二度づけ禁止」スタイルは、ここ新世界だけの文化だった。

赤井は大阪に戻ると、しょっちゅう顔を出してくれ、ビールを飲み、串かつを頬張り、相変わらず「うまい……」と相好を崩した。後輩に託しただるまの未来が無性に気になるとみえ、東京からもマメに電話をかけてきては、意見をするのだった。

「これからの時代、串かつ一本いうわけにもいかん。ほかのメニューも出したらどうや」

「はい……」

「ワシ考えたんやけどな、焼き鳥を出したらどうや」

「焼き鳥ですか……」

「ポテサラいうのもええと思うんや」

「ええと思いますけど……」

「きずしかて、好きなやつは好っきゃであれ」

「悪いことないと思います……」

どう見ても熟慮のうえで提案しているというふうではなく、ほとんど思い付きに近かったが、先輩は純粋に、後輩のために良かれと思って言ってくれているので、それを無下に断るわけにもいかなかった。

「だし巻きは万人受けするからな……ほんでシメは焼きおにぎりや！」

「先輩……今、どこにいてはりますねん。居酒屋でメニュー見てはるでしょ？」

「なんで知ってんねん」

苦笑するしかなかった。

「そら、分かりますわ。メニュー見て片っ端から言われても困りますねん……」

「ほなまぁ、また思いついたら電話するわ……」

——ウチは居酒屋やのうて串かつ屋でっせ。それも先輩自身が残さなあかんと言いはった串かつ一本の専門店ですがな。そないにいろんなメニュー言われても、串かつだけで精一杯いうのん知ってはりますやん……。そう言いたかったが、先輩にたてつくように思えて、ぐっと飲み込むしかなかった。それからも赤井は酔ってスイッチが入ると、気まぐれに提案の電話を入れてきた。

この頃、上山はふと思うのであった。赤井に言われるままに、だるまを引き継ぎ、前を向いてひたすら後輩のケツを叩いて走って来たものの、はたしてこれで良かったのか。一九二九年（昭和四年）からの伝統を、頑なにここ一軒で守り抜くのがホンマに正解なのか……。だるまらしく暖簾を継ぐということは、いったいどういうことなんやろ。迷いといえば迷いであった。

——もちろん、守っていきますとは言うたけど、どう考えてもそこに攻めの姿勢はないんとちゃうか。攻撃は最大の防御とは使い古された言葉やけど、攻めることもなく、ただ一軒の看板を守ることに汲々としているうちに、あらゆるものが制度疲労のように古びていってしまい、次第に本来の目的である守りも疎かになっていくんやないやろか……。一転、攻めるとすると、何を変えていき、何を守っていくべきなのか。

串かつの看板を揚げた、初代の百野ヨシヱならどない考えたやろ。どんなふうに言うてくれたやろ……無理を承知で言うと、いっぺん会って聞いてみたいと思った。


なんとか軌道に乗って、大過なく一年が過ぎようとしていた。

二言目には「ド阿呆！　頭を使え！」「その首の上に乗せてるのはなんやねん。漬物石か！」と叱り飛ばしてきたが、辛抱して付いてきてくれた従業員の存在は大きかった。そこへなんとか報いなければならんという思いもあって、上山は一年分の利益をはたいて、二号店を出すことにした。

場所は、事務所を出て通りへ進み、右へと曲がったところ。上山が日々たたずんでいた場所である。それにはわけがあった。店への行き帰りに目ざとく空き物件を見つけた上山は、いち早く手付を打ち、ここで人の流れを観察していたのだった。

二〇〇二年（平成十四年）、ジャンジャン店開店。本店を岸本に、ジャンジャン店を伊藤に任せて、社長の内田は二店を統括する管理職にすえた。内田は客前で串かつを揚げさせているぶんにはそつなく献身的に働いたが、管理職に上げた途端、動きが緩慢になったように思えた。昼は目を離すとどこぞへ姿を消すし、店に現れたら「今日はお客さんもこおへんさかい、早仕舞いにしよか」と勝手に決めて、従業員を連れて飲みに行くことも少なくなかった。

事務所で上山と顔を合わせると、「先輩もちゃんと給料取ってくださいよ」と言う。このとき、上山はまだ石油小売販売業も続けていて、そっちで給料をもらっているので、だるまでもらう道理はない、と受け取っていなかった。

「オレはまだええ。オレはだるまの管理職であるお前の管理をする立場やからな。頼むで内田、お前しっかり二店の売上伸ばしてくれよ」

期待を込めて、そう言うと、

「分かってます」

と真顔になった内田から、頼もしい返事が返ってきた。

二年目のうちに早くも三店舗目の話が持ち上がった。

場所は道頓堀と聞くと、上山は一瞬たじろいだ。大阪きっての繁華街、四百年の歴史ある芝居町である。三年目で道頓堀進出。そんなうまい話、夢か漫画か詐欺ぐらいしかなかった。

浪花座跡に大手ゲーム会社が建てる複合施設の中にフードテーマパークができる。そこへの出店要請で、関西一円の約二千店から厳選された本物の大阪の味、約四十軒に挙げられたと聞くと溜飲が下がった。

なんでも、大正末期から昭和初期の大大阪と呼ばれた時代を背景にした、コテコテな大阪らしさを押し出した仮想商店街、それが『道頓堀極楽商店街』やと言う。コテコテな……がちょっと癇に障ったが、横並びを見ると知っている名前がズラッとあった。お好み焼き・たこ焼き・

イカ焼き・明石焼き・うどん・韓国冷麺・中華・寿司・くわ焼き・焼肉・居酒屋・立ち飲み・バー・カフェ・スマートボール……等々、浪花座跡というのもあり、和製ミュージカルや演芸の実演も予定されていた。

「古き良き大阪ねえ……」

上山は長いアゴを撫でながら、これは一丁噛んでみるのも悪くない話やなと思った。赤井に話すと、「おもろいがな。やったらええがな」と背中を押してくれた。

そうと決めたら、大手と契約を取り交わすために法人格が必要になるし、アルバイトの募集に労務管理にと、途端に忙しくなった。

「オレもいよいよ本腰入れて、串かつ屋のオヤジにならなアカン、か……」

油屋との二足のわらじもいよいよ終わりを迎える時期だった。飲食も二軒目ぐらいなら昔ながらの商店主の感覚、いわばアナログで物事を切り抜けられたが、三軒目ともなると、その感覚では立ち行かない気がしていた。

二〇〇三年（平成十五年）、「有限会社一門会」設立。赤井英和は、自分より下の後輩を集めて赤井一門と称しており、むろんその意味も含んでいた。

道頓堀極楽商店街は、かなり不思議なテーマパークだった。こっちには通天閣、向こうには大阪城がそびえ立ち、三フロア・約九百坪の敷地内は古いおもちゃ箱をひっくり返したみたいな雑然とした空間であった。レトロ感を演出するために照明も落とし気味でなんとなく薄暗く、建物にはエイジングというヨゴシが入り、どことなく薄汚く、癇性病み、きれい好きは尻込みしそうな雰囲気があった。

「ま・る・だ……？」

「アホ！　右から読まんかいな！」

出来上がっただるま道頓堀極楽店も、店内は真新しい厨房ながら、大きな看板はところどころ錆び付いて、どう見ても五十年は風雨にさらされた感じだった。

客は入場パスを買って入り、それを使ってあちこちで飲み食いして、出口で一括精算する後払いシステムでスムーズな反面、「中の店でお金払うのに、なんで入場料とられなあかんねん」という憤懣《ふんまん》がミナミっ子から聞こえてきた。

二〇〇四年（平成十六年）七月一日、オープンとともに客が押し寄せた。店内はうれしい悲鳴で対応するのに精一杯、なんとしても成功させねばと上山は現場を取り仕切った。自ら串かつを揚げ続け、大勢のバイトを使って陣頭指揮の檄を飛ばした。赤井はときどき現れては客を驚かせ、ひとしきり場を盛り上げてはごきげんで帰って行った。

上山は毎朝、事務所でスタッフと一緒にネタを刺す仕込みをし、原付バイクで道頓堀へと向かった。十一時の道頓堀極楽商店街の営業が始まると、次から次へとお客が切れないため昼メシも食えず、鍋前に張り付いたまま終日串かつを揚げ続けた。店が終わってふらふらの身体で事務所へ戻って事務処理を済ませると、倒れ込むようにソファーで朝を迎えるという日々が続いた。

毎日に必死で、家庭のことなどまったく顧みなかった。ある日、嫁から電話が掛かってきて、あ、ヤバイと思った。

「長いこと帰ってこうへんけど、完全に家のことなんか忘れてるやろ……」

面目ないが、そのとおりだった。

「もう私は別の道を歩むことにしましたので、あんたはどうぞ、ご自由に……」

と電話口で三行半を突き付けられた。いやにあっさりとした最後に、他人同士である夫婦関係の無常を感じざるを得なかった。


そんな上山の状況を知ってか知らずか、赤井はいつもの調子でやって来て、

「おい、ビール！　お代わり！」

だいたい、この人、内臓が強靱にできてんねん。これだけ毎日飲んでて、番組の身体検査で診てもらったら、肝臓の数値が幼稚園児並みってどういうことやねん。今どきの若者は串かつばかり食ってほとんど飲まないという人が多いが、赤井先輩は串かつはほんの少しあればよく、ビールに焼酎をガポガポ呷《あお》る昔気質の男伊達。何しろピッチが速いので出来上がるのも早いとくる。新陳代謝がいいのか、しょっちゅうトイレへと立つ。ほら、またやがな……。

「先輩、そっちちゃいまっせ、右です、右！」

――分かっとるわ。人を酔っ払い扱いしやがって。そやけど、上山もなかなか大したもんやで、アレヨアレヨと言うてる間にこんな……あれっ、トイレこっち違たか。え、おかしいな。

あれ、オレ酔うとんのかな……。

よく見れば、薄暗い通路の先に引き戸があった。「ああ、ここか」と赤井はズボンのチャックを下ろしつつ、勢いよく扉を開けた。

しばらくしても、赤井が戻ってこないので、上山は見に行った。

「先輩～、どちらですか！」

「ここや！」

声のするほうに、傾いて薄汚れた引き戸があった。上山も初めて見る扉だった。なんやこれ、こんなところにこんな扉があるなんて……。中から赤井の声がした。

「おい、お前もこっち来いや！」

「はい」

中は一層、薄暗い。

「おい、なんかこっち、ケッタイなことになっとんで」

足がグチョッ……と取られた。

「わ！　なんやこれ。気色わるっ……」

「えらい、ぬかるんどるんや」

「泥でっか、コールタールでっか……」

「なんや分からん！　ババちゃうんか」

手を鼻に近づけたが、匂いも温度もなかった。

グチョグチョと気持ちの悪いぬかるみを十分、十五分ほど歩いただろうか。行く手に壁面が現れ、そこに光が漏れる扉らしいものがあった。

「おお、ドアや。助かった……」

「開きますか」

「お、開きそうや……」

開けた瞬間、外光がパッと眼底検査のように目に突き刺さり、二人の視力を奪った。

真っ白に飛んだハレーションの中、細目を開けるとそこに現れたのは、原寸大の古い町並みで、野外に広がる昔の大阪のジオラマだった。着物姿の人が大勢歩いている。不思議なことに泥濘《ぬかるみ》を歩いた二人の足元はちっとも汚れていなかった。

「ほぉ〜、こらようできとんなぁ」

「なんや、こんな野外のアトラクションがあるなんて、聞いてまへんがな」

教えとけっちゅうねん、オレは店子やねんぞと、上山はちょっとムカッとした。

映画館らしい建物の前からはジンタが流れ、競い合うように客を呼び込んでいる。子ども連れも多く、和製ミュージカルの劇団員だろうが、実によく昔の風俗を醸し出していた。向こうからやってくる、藍木綿のお仕着せに茶の風呂敷を抱え、鳥打帽をかぶった丁稚らしいのがええ味を出していた。

「ええのう、あれぐらいの坊主にせなあかんのや。だいたい今のドラマに出てる役者いうのは髪の毛も切りくさらんと、堂々と戦前のあきんどやなんか言うとる」

赤井が嘆くようにボヤいた。

「ちょっと兄ちゃん」

赤井が丁稚を呼び止めた。

「なんでっか」

「どこかのプロダクションに入ってまんのか」

「は……？」

「子役と違うんかいな。ここて、道頓堀の極楽商店街やんな……？」

「なに寝惚けたこと言うとんねん。ここは新世界やがな、ほれ……」

ガキのくせに偉そうにアゴで指図しやがって、と思いつつ、その方角を見て絶句した。

「オッサンら初めてやな、あれが通天閣や、よう拝んどっきや」

二人は眺めたまま動けない。

上がエッフェル塔、下が凱旋門を模したずんぐりとしたケッタイな姿。

あれこそ紛れもない初代の通天閣であった。

やっと赤井が声を出す。

「あ、あれ……ようできとんな」

「ようできてます。作りもんには見えまへんで……」

「ほな、なんや……」

「分かりません……」

しばし見とれた二人だったが、急に恐怖を感じた。

「おい、今ていったい、いつやねん！」

「ちょっと待ってください」

上山は道端に落ちている新聞紙を拾って見た。

「七月十三日……ええっ、昭和四年」

「昭和四年！　えらいとこ来てもうた！　戻ろ！」

「戻るて先輩、どないして……？」

「分からん！」

どないして来たのかも分からないのに、帰り方など分かるわけがなかった。

ええ大人が二人、新世界の噴水の前で途方に暮れた。その場違いな服装に、昭和四年の通行人が遠巻きに眺めていた。

「え〜い、お前ら、何見とんのぢゃ！　見世物ちゃうぞ、ゴラァ！」

とにかく、状況を理解するまでどこかで落ち着くことにし、店先で話し掛けてきた女の勧誘に乗ってみた。店先の白いガラス玉にエナメルの文字で、カフェー白玉とあった。

志津と名乗る女給は何度も繰り返し「浪花小唄」を蓄音機で流した。

新世界には昭和二年からカフェーができ始めた。料亭や遊郭での遊びは時間も金もかかる。

手軽に女性と過ごせて安く済むカフェーは人気となり、一九二九年（昭和四年）には五十軒を超す店が林立し、客の取り合いも激化していた。

「景気……？　ええわけないやん。失業者ゴロゴロおるのん知ってるやろ？　不景気なうえ、カフェーも増え過ぎてもう食い合いや……」

昭和四年というと、『大学は出たけれど』という映画が作られたほど、大卒の就職難が深刻化しており、治安維持法違反で共産党員が大量検挙されるなどキナくさい世の中になりつつある時代だった。

四月にできた阪急百貨店の大食堂のライスカレー二十五銭が人気となったが、次第に五銭のライスを注文し、卓上のソースをかけて洋食気分を味わうソースライス、いわゆるソーライが流行り、町場の食堂から学食にまで波及した。十月にはニューヨーク株式市場で株価が大暴落し、世界大恐慌が巻き起こった大変な年でもあった。

「兄さんらどこから来たん？」と何度か聞かれたが、言うて理解されるわけもなく、隠し立てしているようで、女に胡乱《うろん》な目で見られるだけだった。ビールを四本、女にポートワイン一杯で勘定五円と言われ、「安ッ！」と言うた赤井が迂闊に千円札を出した瞬間、女は頓狂な声を上げた。

「ナニ、このお札……初めて見たわ。うわ、千円って書いてある、びっくりやわ！」

カウンター内の男は慌ててどこぞへ電話をかけた。

「見え過ぎてんねん、あんたらの魂胆！　こんなモンでタダ飲みしようとしてもな、ウチはそないなことできる店とは違うんやで！」

ドアが開き、どやどやといかにもややこしそうな男たちが入ってきて、囲まれた。

「先輩、ナンギなことになりましたね……」

「しゃあない。昔とった杵柄見せたるか！」

出し抜けにシャドーボクシングをしてみせる赤井。男らは「おおっ！」と身構えた。

「まぁ、怪我せんうちに引っ込んどき。志津さんよ、あの金は偽りやない、造幣局で印刷してるほんまの日本銀行券や。釣りのぶんは、また飲みに来るから預かっといてや」

ゆっくりと隙を見せず、店の外へ出る二人。

瞬間、脱兎のごとく駆け出した。

「待てこら！」


——待てこら言われて、待った奴は人類誕生以来おらん。しかし先輩、逃げ足が速い。現役時代、相手をダウンさせて逃げるようにニュートラルコーナーへ移動するときも速かったが、それ以上や。これやったらまだまだイケるんちゃうんか。

赤井は、パーク劇場の先の路地を左へと逃げ込んだ。上山も続く。

行く手に屋台の準備をしている中年女がいた。

「おばはん、助けてくれ！」

二人の必死の形相を見て、咄嗟に屋台の奥を指して言った。

「そっちや！」

二人を追ってきた男たちに中年女が、

「今、来た二人組なら、血相変えて向こうの辻へすっ飛んで行きよった、あほみたいな顔して」

と言うと、追手は慌てて駆け抜けて行った。

あたりが静かになると、赤井と上山は助けてくれた女に礼を言った。

「おおきに助かったわ。そやけど、誰があほみたいな顔や」

「何したか知らんけど、あんまり手荒いことはせんこっちゃ……」

「すまなんだ。タダ食いと間違われてな。おばはん、今からここで商いか？」

「せや」

「お礼に店出し手伝うで。なぁ、上山」

「もちろんです」

「いらん。足手まといや」

「そんなこと言いなはんな。なんでもしまっせ、重たい荷物運ぶん得意やし」

「ほな、そこのカンテキの火でもいこしてもらおか」

「まかしとかんかい！」


屋台を改めて見返すと、その奥にどこかで見たような塀がそびえていた。

「あの塀か、あれは防火壁や。映画館建てるときは必ず造らなアカンのやて」

「おばはんとこ、何売ってはりまんのや？」

「ウチは洋食屋や」

「洋食……？」

「せや。洋食知らんか？　カツやらテキやらメンチボールやら……」

「知ってる知ってる、大好きや」

「せやろ。男はたいてい好っきゃ言うな。まぁ、そこへ目ぇ付けた新機軸いうやっちゃ」

「新機軸いうのは……」

「兄ちゃんら、商売敵やなさそうやな。ほんなら教えたるわ。ビフカツ一枚食べたら値ぇも張るし、お腹も膨れるわな。ウチは職人が来て、手早く食べて飲んでさっさと去ぬ立ち飲み屋や。せやから、ウチのビフカツは肉を小そうに切って串に刺して、油で揚げてあんねん。これを熱いうちにソースにどっぷりつけて食べてみ。どんだけうまいか。ビールなんぼあっても足りんて言いはるで」

　上山も赤井も、すでにピンときていた。この人こそ、この場所で串かつを始めた百野ヨシヱ、その人だということを。

　開店準備をしながらヨシヱはぽつぽつと身の上話を聞かせてくれた。十年前に夫に先立たれて、六人の子どもを食べさせるためにいろいろ仕事もしたが、伝手をたどって今年からこの場所で屋台「たこ菱」を出すようになった。来年になったら船場の料理屋に奉公に出た息子が年季が開けて帰って来るのが待ち遠しい。この年、ヨシヱ四十三歳。恰幅が良いので、着物に割烹着をつけると、今どきの四十代など及びも付かない堂々とした貫禄があった。

「見てみ」と言われて、ホーローびきのバットに掛けられた布巾を取ると、赤身の牛肉とジャガイモの串。種類はそれだけだったが、串かつに間違いなかった。

「一本なんぼでんの?」

「一本一銭や。お客さんはただ、カツと呼んでる。一銭やさかい一カツ言うてはる」

「一カツか……!」

串かつという名前はまだなく、当時は一カツ・二カツと呼ばれていた。

洋食の屋台はすでに明治の頃からあり、一九一〇年(明治四十三年)創業、千日前の自由軒本店も屋台から始まった。新世界にも洋食の波が押し寄せ、一九一三年(大正二年)創業、ラヂューム温泉で知られた噴泉浴場食堂部は、ビーフカツレット・ビーフステーク・コロッケットなどのすました西洋料理を揃えていたし、界隈にはビリ軒、ニコニコなど洋食店が点在していた。

しかしそれらはまだ新世界の主な客層であった職人や工場労働者、車夫などには気取りが強くて敬遠されていた。そこへ登場したナイフ・フォークはおろか、箸も使わない串かつは、大いに歓迎されたのだ。

「あんた! いつまでかかってんねん! 退《の》き!」

「すんまへん、考えたらワシ、カンテキなんかいこしたことないわ」

「なんやそれ、あんたどこぞのぼんぼんなんか?」

「そんなもんや。上山、今夜はおばはんの元祖串かつ思い切り食うたろや」

「せやけど先輩、金が……」

「心配すな、このジャンパーを質に入れたら、一晩の飲み代ぐらいにはなるやろ」

「質屋やったら、丸高いうのが天王寺市場抜けたとこにあるで」

「よっしゃ、任しとけ」

「ほな、オレは手伝わせてもらいまっさ」

串の仕込みを手伝う、上山の勝手知ったる手つきにヨシヱは、やっぱり飲食関係者やなと睨んだ。カンテキに載せた鍋の油が沸いてきたらヨシヱは暖簾を上げた。

開始とともに、たちまち屋台の前には男たちの人垣ができた。ヨシヱが黙々とカツを揚げていく。目の前のカツは熱いうちに客が自分のぶんを取る。生存競争は激しく、ゆっくり構えている者は一生待っても当たらないということになる。ヨシヱは目ざとく、客がわざと足元に落とした串まで入れて勘定した。客は帰りに油じみた指先を暖簾でチョイッと拭いて帰った。なので、めっぽう暖簾の汚れたたこ菱は繁盛している証拠だった。上山はヨシヱの一挙手一投足を見逃すまいと懸命に目に焼き付けた。

赤井先輩は……と見ると、いつの間にか年の離れた後輩みたいな若い衆を捕まえて意気投合していた。

「上山、こいつカメちゃんいうて、映画館の映写技師しとんねん。花形の仕事らしいで」

「いえ、まだ映写技師見習いですけど……四館で回り持ちなんで、一本終わったらフィルム提げて自転車で走らなあきませんねん」

「カメちゃん慌てもんやさかい、さっきもコケて、フィルムの缶ぶちまけとんねん」

「ホンマは亀谷いうんですけど、会うたときからカメちゃんなんで、カメちゃんでいいです」

「カメちゃん、上山です」

和気あいあいのなか、たまさかこんな声が飛び込んできた。

「おばはん、この肉、なんの肉や？　犬と違うんか」

上山がムカッとして声の出どころを睨んだのと同時にヨシヱが客に向かって、

「あほか。牛に決まっとるわ。赤犬捕ってさばいて出す手間考えてみいや。こんな値ぇで出せるわけあれへんがな。よう考えてもの言い！」

と鋭く言い返した。ほんまにそうや。こういう無神経で、しようもないちゃちゃを入れたがる奴は必ずおる。声の主は言い返されてぐうの音も出ず、あいまいな薄ら笑いを浮かべて黙った。こうした酔うたオッサンならまだ言い返すこともできたが、上山はこんな場面にも遭遇してしまった。

「ええ匂いや、お母ちゃん、あれナニ？　食べてみたいな……」

店の前に立ち尽くす小学生ぐらいの子どもを、親が見とがめた。

「アカン！　なんの肉使こてるか、分からへんやないの！」

「そやかて、おいしそうや！」

「アカン言うたらアカンねん！」

母親は強引に子どもを引き摺って行った。ヨシヱをうかがうと、顔色一つ変えず、黙って菜箸を動かしていた。

ようやく客が切れたとき、ヨシヱは言った。

「ウチら、一本一銭のささやかな商売やけどな、安いからとか、屋台やからとか卑下することなんか、なんにもあらへん。こんな安うてうまいもんほかにあるかい、いう気ィでやってんねん。どんなにゴチャゴチャ言われても、いっぺん食べてもろうたらこっちのもんや思ってる」

上山は聞いてみた。

「今後、この店を息子さんやお孫さんが継いだとしてでっせ。この一軒を守り通したほうがうれしいですか？　それとも店拡げていってくれたほうがうれしいですか？」

「そやな……。今はここで精一杯やから分からんなぁ……」

少し考えてヨシヱは言った。

「それが兄ちゃんの悩みなんやな。そやろ？」

「そうですねん」

「やれる思うならやったらええねん。私は私でこの一軒を精一杯やる。倅《せがれ》は倅で、もし孫が継いだなら孫の代でまた勝負してくれたらええんや。一軒だろうが十軒だろうが、やれる思うならどないでも。ほんでな、迷うたときには表へ出て、通天閣に尋ねてみたらええねん。そうしたら、自分の心の声が返ってくるからな」

さすがは創業者や、えらい肝のすわったオババハンやで。上山がハグでもしようとした瞬間、

「はい、いらっしゃい〜」

——客来るんかい……。

「そやな、そや。通天閣へ叫べや」

ふらふら迷うことなんかあるかい、オレも堂々とプライドをもって、串かつ屋のオヤジになったるんや。行ったるど！と叫んだ途端、ふわりと宙に浮き、全身に衝撃が走った。


うっすらと目を開けると、見慣れた一門会の事務所の床に寝ていた。デスクや椅子が横向きになっている。上山は寝ていたソファーから転がり落ちたのだった。しかし、あまりにもリアルな夢にどっと疲れてしまった。

こんな夢を見るほど毎日毎日、抜け殻になるまで働いているというのに、内田は手助けしようともしない。仮にも社長である内田と、会長であるオレとのこの熱量の違いはどうすりゃええのやろ。

不休で道頓堀に通い、半年余り突っ走ってきた上山だったが、とうとう過労が祟って高熱を出してぶっ倒れてしまった。

「このままやと、ホンマに極楽に逝ってまう……」と思いながら、駆け付けた救急車のストレッチャーの上で気を失った。

第三章　戦い済んで、裏切られ

だるまの前身〝たこ菱〟のその後である。

五年も経つと少し余裕が出てきて、ヨシヱは一日一回通天閣を見上げ、その日の吉祥を願い、店へと向かうのだった。店では一足先に倅が店出しの準備をしていた。

六人兄弟の真ん中の正雄は小学校を出ると、船場の料理屋へ奉公に出た。奉公先での日々は過酷なもので、板場では遠慮なく拳骨が飛び、庖丁の柄で殴られることさえあった。口で教えてくれることなどなく、ただ先輩の仕事を見て、盗んで覚えるしかなかった。年季が開け、兵隊検査となった一九三三年（昭和八年）、正雄は新世界へ戻り、母の屋台を手伝い始めた。板場で叩き込まれた庖丁技と食材を見る目は確かで、母は頼もしく思った。

ヨシヱのやり方を踏襲しつつも、正雄は一銭洋食のなかで自身の存在感を少しずつ発揮していった。油はより上質なヘットを使い、素材を吟味し、ネタの種類を増やしていった。新世界市場でそろわぬ食材は、毎朝木津や鶴橋まで自転車を飛ばした。飛び跳ねてソース壺に飛び込み、大騒ぎになった志摩の車エビ、明石の生ダコはイチから塩揉みして柔《やら》かく茹でた。淡路のハモはシャリッ、シャリッ……と小気味よく骨切りしてみせた。

それでも値段は変わらず一銭、二銭の話。料理の腕に誇りをもつのは結構なこっちゃけど、原価がかさばるのはヨシヱにとって頭痛のタネだった。けれど女一人でやっているときよりはよほど安心できた。料理の勘どころはさすがに心得ていたので、ヨシヱは随分と気楽になり、客の前で笑顔を見せることも増えた。

そのぶん、正雄は口数少なく、むっつりした顔で客には愛想もこそもなかった。けど、カッはうまいがな、なかなか食わせよるで、と評判になり、たこ菱は常に二重三重に人だかりができる路地の名物店となっていた。

　それまでの「一カツ・二カツ」という呼び名から、客の誰彼ともなく、串に刺さったカツ、「串かつ」と呼ぶようになったのは、この時分のことだ。

　但馬や北陸から女子衆《おなごし》を十人ほど雇い、そのなかから店に立つのは三、四人。あとは作業場を兼ねた自宅で黙々と素材を切り分け、串に刺す仕込み要員だった。木箱いっぱいに詰められたネタは、運び屋のおっちゃんが自転車で運び、一日何度も店と自宅を往復した。

　世の中は急速に戦争への道を転がり出していた。一九三七年（昭和十二年）七月、支那事変が勃発して以来、兵役へ召集される人数も五十万、百万と増大していった。国民精神総動員が叫ばれ、街には「欲しがりません、勝つまでは」「贅沢は敵だ！」などといった戦意昂揚のスローガンが目立つようになっていた。いつ戦地に送られるか知れぬ不安感を抱え、一夜の享楽を求める若い男たちで飛田はひときわ賑わったという。

　そんななか、正雄に縁談があり、杉野かづゑと所帯を持った。これを潮に、正雄が二代目を継ぎ、屋号をたこ菱から「だるま」へと変えた。四方八方へ手を伸ばすタコから、手も足も出ないだるまへ変えたんかと言われたが、もちろん七転び八起きのつもりだった。

　倅夫婦に家督を譲ったヨシヱは安堵して隠居生活に入り、三年後に病を得て鬼籍へと旅立った。五十五歳だった。

　一代の串かつ創業者だったが、「悲しみに暮れてたかて、お母ちゃんはひとつも喜べへん」

と正雄は葬式で半日休んだだけで、午後には普段どおり暖簾を上げるのだった。

職人や工員に支持された串かつは、贅沢とは対極にあり、時局というものに左右されることのない、草の根にあるような日常の味。そこが庶民の味の強みでもあったが、年々いい食材が手に入りづらくなってきていた。商売もどこまで続けていけるものか、と思っていた矢先、正雄に召集令状が来た。

妻かづゑは出征する正雄に店先で言った。

「あんた、必ず生きて帰りなはれや」

「そんな大きい声で言うもんやあれへんがな」

なんとか細々とでも続けたかったが、店主が出征となると商いも諦めるほかなく、残された女子衆もそれぞれ里へと帰し、とうとう店を閉めざるを得なくなった。一九四三年（昭和十八年）のことだった。

この年、新世界にとって衝撃的な出来事があった。

夜間興行中、映画館大橋座の二階から出た火災は、近隣のあしべ劇場、花月映画劇場、通天閣、国産館、カフェー日の丸へと延焼。日本クラブを半焼させて三時間余り燃え続け、ようやく鎮火した。重症者二名、軽症者十九名。大火傷を負い、瀕死の重態で運び出された一人は亀谷庄次郎、「だるま」の常連、映写技師となっていたカメちゃんだった。映写中、誤ってフィルムから発火させた疑い。当時主流だったナイトレートフィルムは可燃性が高く、自然発火するなど度重なる火災を引き起こしていた。損害額は百余万円に上ると見込まれた。

日本一の高さ二百五十尺を誇った通天閣だったが、火災の猛烈な熱で脚がぐにゃりと曲がり、赤茶けた剝き出しの鉄骨は無残であった。放置していては空襲の標的にされる可能性があったため、早々に解体され、三百トンもの鉄材は軍へ供出されることとなった。日頃、多くの新世界の住人が見るともなく見上げ、そこにあるのが当たり前だった通天閣がなくなってしまうと、そこだけガランとしてしまい、心にぽっかりと穴が開いたようだった。街は通天閣ひとつないだけで、まるで平衡感覚を失ってしまったかのようで、そこを通るかづゑも、どうにも心細い気持ちにさせられるのだった。

「なんぢゃい！　通天閣がなくなってしもたら、ほかの盛り場と変われへんがな」

がっくりした顔で赤井が言った。

「折角来たのに、通天閣はないわ、だるまはないわ……ワシら何しに来たんですかね」

「分からん。せやけど、ぼちぼち老眼来てる目ぇに、この暗いのはかなわんな……。ワシなぁ、通天閣の灯が消えたん、よう覚えてるで」

「消えた？」

「せや。オイルショックのときや。世の中、節電だらけになってしもて、とうとう通天閣の灯も消しよったんや。暗い夜空にぼうっと影みたいに突っ立ってる通天閣、あれはなんとも情けなかったで」

「先輩、あきまへんわ。どっこも店開いてまへんで」

「どっか一軒ぐらいあるやろ。一杯景気つけんことには、こんな辛気クサイ町やってられへんがな」

突如、赤井は道端でつまずき、大きくつんのめった。歩道の脇に道路工事の盛り土みたいな盛り上がりができていた。

「あいた〜、なんぢゃこりゃ、足グネるとこやがな」

「先輩、大丈夫でっか」

「そこの二人、何しとるんぢゃ！」

ふいに土の小山の中から怒鳴られて、二人は肝を潰した。

「わっ、なんやねんオッサン、なんでこんなとこ入っとんねん」

「生き埋めになっとんのか？」

「あほ！　見たら分かるやろ。防空壕に避難してんねん！　お前ら、こんなときにどこ行くねん」

「どこて、今来たとこなんで……。そやオッサン、どっか店開いてないか？」

「何言うてんのや、この非常時に。もう昼から何べんも警戒警報鳴っとんのやで」

「そんなもん、知るわけないがな……」

この薄暗いのは節電ではなく灯火管制やと聞かされた。

「ゆんべは名古屋、その前は東京がどエライ空襲やったんや。今夜ぐらい大阪来よるに決まっとるわ」

「オッサン、今日は何日や」

「三月十三日や」

「何年のや」

「お前大丈夫か……？　昭和二十年に決まってるがな」

防空壕の暗闇の中から、古惚けたラジオがガリガリとブザー音を鳴らした。

「中部軍情報、中部軍情報、二十三時三十八分、敵の戦闘機、数機が紀伊半島南方海上より北上中……」

「ほ～ら、来よったぁ」

「先輩……こらあきまへんわ。昭和二十年三月十三日いうたら……たしか大阪が空襲で火の海にされてエライ目に遭うたて、ウチの親父が言うてましてん」

「ワシも聞いたことあるな。ヤバイな、逃げよ」

「逃げるて、どこへ行きまんねん」

上山はふと思い出した。

「ああ、そうや。先輩、ちょっと気になるとこがありまんねん」

とふいに歩みを早め、新世界の西のはずれに向かって歩き出した。そのただならぬ様子に赤井も黙ってあとに続いた。

新世界には、尋常ではない緊張感が漂っていた。

どこの家からか、またラジオのブザーが雑音だらけで鳴り響いた。

「中部軍情報、中部軍情報、二十三時四十五分、敵の大編隊は潮岬に到達。紀伊水道を北上中！　まもなく大阪方面へ向かうものと思われます……」

敵の機影の数が明らかに増えているではないか。続いてサイレンが鳴り響いた。

「どこかで聴いたことあるぞ。そや、高校野球の試合終了で鳴るやつや」

「そんな平和なこと言うとったら、どやされまっせ」

国民服にゲートルを巻いた町会の役員らしいのが道へ飛び出し、メガホンで叫び出した。

「空襲警報発令！　空襲警報発令！　直ちに防空壕へ避難！　直ちに防空壕へ避難！」

寝静まったかに見えた家々から人が飛び出してくる。それぞれが防空頭巾を被り、蒲団を背中に駆け出してくる親子。よぼよぼの老婆を背負った中年男性。次々に防空壕へと入っていく。

上山が向かっていたのは百野さん一家の住まいだった。確か小学校の近所の住吉街道に面して家があったと聞いたような。

「このへんで百野さんいう家、知りませんか？」

誰もこっちに耳も貸さず、返事はおろか目も合わせない。

二十三時五十七分、大阪湾から浪速区上空に侵入した戦闘機が塩草あたりに最初の爆弾を投下した。サイレンの向こうでド〜ン、ド〜ンと爆発音が轟き、激しい地響きが伝わった。

「皆、早よ逃げー」

「こっちへ来よるでー」

口々に悲鳴が上がる。

「百野さーん、だるまの百野さんはいてはりませんかー！」

上山がひときわでかい声を出す。赤井もつられるように大声を出す。

新世界上空に差し迫ったB29の編隊が油脂焼夷弾をバラバラと撒いていく。

「ヒューン」という空気を切り裂く音に「近いぞ！」と鋭い声がした。

瞬間、耳をつんざく破裂音、吹っ飛ばされる衝撃波。四散する窓ガラス、ザザーッと落ちる屋根瓦、崩れる壁土。あっという間に火が燃え盛る。

「消火ー消火ー！」

町内の者は大急ぎでバケツリレーを始めた。だが、苛烈な火の勢いにわが身を焼かれ、すぐに散り散りになった。焼夷弾からは火の着いたナパーム剤が四散し、壁や床、身体にくっ付いて火の手を上げる。日本の家屋を焼き尽くすように開発された兵器だった。

周りの者は無我夢中で火叩きや濡れ座蒲団で叩くが、そんなものでは収まる気配がない。

「撤収ー！　撤収ー！」

駆け回る消防団の手押しポンプも、勢いを増す火焔の前には焼け石に水であった。

「空襲は恐るるに足りず！　逃げずに火を消せー！」

大声で叫ぶ鉄兜の男の傍で爆弾が破裂、いとも簡単に手足がちぎれ飛んだ。

「おい、ここで死んだら、未来のワシらどないなるんや」

「そんなもん、分かりません」

「昔の人はホンマ、鉄砲の下くぐってきたんやな！」

「ゴチャゴチャ言うてんと逃げてください！」

「誰がゴチャゴチャや！　わきまえ！」

「すいません……えい、こうなったら先輩も後輩もおまっかいな！」

「なんやと……」

「百野さ～ん、いてはりませんかぁ～！」

「百野さ～ん」

防空頭巾の女性が走って近付いて来て、

「アタシです、百野です」

「だるまの百野さんでっか！」

「そうです、そうです」

「子どもらは？」

「防空壕です」

「ここらは火の勢いが強いから危険や、急いで連れ出して！」

すぐに防空頭巾を被った子どもを二人、連れて出てきた。かづゑは乳飲み子をおぶっている。

赤井と上山は子ども一人ずつとぎゅっと手をつないだ。

「あんたらにはな、生きといてもらわな困りまんねんで！」

上山の語気に、子どもらは必死にうなずいた。

「上山、天王寺公園のほうへ行くぞ！」

「そうしましょ！」

「ええか！　おっちゃんの手ぇ離したらあかんで！　恐怖で泣きもしない子どもを引っ張って走る。」

赤井と上山は猛烈な火の粉が飛び交うなか、恐怖で泣きもしない子どもを引っ張って走る。

かづゑも必死に新世界を走る。

耳をつんざく爆撃音と何かが大破する音、鳴りやまないサイレン。火災は一層増すばかり。上空の煙の上に見え隠れする機体をサーチライトがとらえるものの、立ち向かうはずの対空砲火はどないしたんや。迎撃機はどないしたんや。

地響きと爆風に身体をもっていかれそうになりながら、一心不乱に走った。

火災と煙の中を逃げ惑う市民に向かって、一機のグラマンが異常な低空飛行から無差別に機銃掃射をしていた。通り過ぎては執拗にUターンして急降下し、動くものすべて撃って撃ちまくる気だ。目の前で人がバタバタと倒れていく。

ズーン……かづゑのすぐ前にいた女性の頭に焼夷弾が当たった。即死だ。

「見るなっ！　止まったらアカン！」

動物園の横を抜け、気が付けば天王寺公園へと逃げ込んでいた。

ドーンドーンに交じり、バリバリという音は届くが、ここまでは機銃掃射も追いかけて来ない。振り返ると新世界がメラメラと真っ赤に染まり、燃えていた。雲までが真っ赤な血の色に見えた。風向きが変わったのか、空へ向かって上昇気流が起こっていた。「うわわ……」それはまるで一匹の竜が天空へ昇るような深紅の火柱だった。

「わぁ、通天閣が赤い……」

子どもが言った。

ほんまや。そこはまさに通天閣がそびえ立っていた場所だった。

汗だくになって、その気持ち悪さに目を開けると、いくつもの知らない顔がこっちを見下ろしていた。空襲で亡くなった人たちに違いない。

——ということは、ああ、とうとうワシも川を渡ってしもたんか……。でも、なんでみんなパジャマ姿なんやろか？

「あ、こいつ、目ぇ覚ましよったで！　看護婦さん呼べ！」

なんや病室か？　ほな、こいつら皆入院患者かい。

「兄ちゃん、気ィ付いたか。えらい大きな声出して、うなされとったで」

「うなされて、うなされて、ウナセラディ東京やったで」

横からややこしいことを挟むやつがいる。看護師がやって来て、

「お名前言えますか？　お名前は？」

「うえ・やま。上山です」

どうやら、また夢を見ていたらしい。

あまりにも生々しかった。まだ煙の匂いが鼻の穴の壁にへばり付いて離れなかった。

しかし、大量の汗をかいたおかげで体温はスコンと下がっていた。

すぐさま赤井先輩に電話することにした。

「実はオレもな……最近寝言がすごいらしいねん。夜中に突然、逃げろ～言うて、嫁はんに気色悪がられてんねん」

――一緒や。ほな、あの晩のことはほんまにあったことなんやろうか？

考え過ぎると頭の芯が熱をもちそうなので上山は極力なんにも考えないようにした。体力の回復を待ち、五日経って退院へとこぎつけた。


現場に復帰した上山は通天閣を見上げ、気持ちも新たに仕事に没頭していった。もう迷いなどなくなったかに思えたが、世の中そううまくいくものではなかった。

新世界の二店のうちジャンジャン店は順調なのに、本店の売上が思いのほか伸びなくて、平均値を割り込む日が出てきていた。

日々、道頓堀店に掛かりっきりである上山は、内田を呼び出し、この状況の説明を求めた。すると最近、客の数が少ない日が見られると言う。

「なんでやねん、赤井先輩のおかげで取材かて入ってるやないか」

「若い人たちの好みって変わりやすいですからね。小さいくたびれた店から気持ちが離れ始めてるんと違いますか」

嫌なことをサラッと言いやがる。直ちに立て直しを命じて、しばらく静観することにした。

会計を担当してくれている女性には、売上で気が付いたことがあればなんでも知らせてくれ、と頼んだ。

金のことは、特に日々現金を扱う商売だけに間違いのないようにと、バイトも含めて従業員には徹底して気を付けるように言うてきたつもりやった。

特に、だるまの旗艦店である本店だけは特別で、創業の場所なんやから、初心を忘れたらアカンと、できるだけ創業以来の雰囲気を残すように、万事昔風で進めていた。

会計もお客さんが食べた串の本数を手で勘定し、ビールも札を置くというアナログな方法を貫いていた。そうすると、受け取った代金を割烹着のポケットに入れ込んだまま、レジ打ちを忘れてしまうというミスも起こった。やろうと思えば、その売上をそのまんま自分の財布に入れることも、手書き伝票はちぎってゴミ箱へ捨てて証拠隠滅することかてできた。つまり悪意をもっている奴が見ると、なんぼでも隙があった。

売上が合わへんときは、入金と在庫を照らし合わせれば一目瞭然なんやけど、この時点ではまだ日々の激務に追われるばっかりで、在庫管理をきっちり行う余裕などなかった。良くも悪くも個人商店の風土を本店は引きずっていたというわけや。

他店は行列さえできる状態なのに、本店だけ集客が落ち込んでいるとはどうも考えにくかった。本店の店長である岸本に問いただすと、やはり日によっては浮き沈みがあって、なかにはマイナスの日もあるとのことやった。これは間違いなさそうやな、と思った。

ある日、経理担当の女性が言うてきた。

「会長、実はレジのジャーナル（売上記録）を見たら、いったん入力されてるのに取り消されている回数が、本店だけ異常に多いんです」

「それは、どういうことや?」

「どんな理由で取り消されてるのかは分からないんですけど……」

「本店の閉店後の締めは誰がやってるんや。岸本か?」

「内田社長です。そやから私ら、売上が下がっててもなんの疑いもなく、ただあがってくるお金を帳簿に付けてたんですけど……」

早速、内田を呼んだ。

「本店のレジな。えらい取引中止が多いんやけど、あれはどういうことや」

内田は少しも慌てず、

「ああ、あれですか。バイトにレジのトレーニングさせてるんですけど、入力ミスばっかり出しよって、額面どおり取引中止にして消去してるんです」

「営業中にしてるんか」

「営業中に実践でやらせてます」

「業務に差し支える。もっと暇なときに集中してやらせ!」

「分かりました」

金の管理の件では以前の仕事でも何度となく煮え湯を飲まされていた。金庫やレジの金額が狂うと、まずは手作業の入力ミス、釣銭間違いを疑うべきだが、一万円、二万円となると、内部不正の可能性が濃厚になってくるのだ。

早い話、従業員の誰かがパクっているのだ。上山にはこれを探し出して、何度も給料から弁償させてきた経験があった。

世間的にも、この〝内引き〟というのが社会問題化していた。外部不正である万引きに対し、内部事情に精通している者が行うのが内引き。特定非営利活動法人全国万引犯罪防止機構の二〇一一年の報告によると、日本の小売店のロス金額のなかで、内引きによる被害総額は年間六十四億円にものぼる。むちゃくちゃな額である。

まず普通に考えて、店で行われる不正の最初はレジの空打ちである。空打ちとは、いざ勘定となった際、レジを打ってお客さんから代金をいただき、見送ったあと、レジを取引中止にして一括消去し、そのお金をドロアーに入金せず、自分のポケットへ入れるという着服方法のことだ。

最初は誰しもわずかな額からスタートする。ドキドキしながらそっと自分のポケットへ押し込んだ小銭が、運良くか運悪くか誰にも気づかれなかった。するともう少し、もう少し……とエスカレートしていくのが世の常、人の常。やがて、硬貨から紙幣となり、抜く枚数も増えていく。

いざ犯人探しを始めるとなると、これがなかなか厄介なことで、自分も疑われているのかと悟られれば、従業員の士気は削がれ、現場のテンションはダダ下がりになってしまう。経営者にとっても、従業員一人ひとりを疑いだせばキリがなく、疑心暗鬼に陥ってしまう。一人の社員の不正を追及し、弁済させて退社に追い込むだけで最悪のケース、社内はバラバラになり、修復不可能なほど人間関係が壊れてしまう。上山は絶対にそうはさせたくないと思った。

――オレの勝手な思い込みではないのか……。ゆめゆめ社内不正などであってほしくない。折角ここまで一緒に頑張ってきた仲間やないか。これはなんかのミスや。犯罪性のないものであってくれ……。


信頼関係をぶち壊さないためにも、ここは上山一人で調べることにした。

経理から一カ月分ごとのジャーナルを持ってこさせ部屋に籠もり、さらに主だった関係者の出勤日のレシートを遡って徹底的に洗い始めた。

小さな金額なら目をつぶろう。出来心でした、すんませんと謝罪して心を入れ替えるなら聞く耳を持つつもりだったが、調べを進めるにつれて、そんな生易しい対応で済む金額ではないことに、上山は色を失った。

まとまった金額が抜かれていて気が付かなかったというのは、まったく目配りがされていなかったに等しく、管理など何もできていなかったという証拠にほかならない。しかし無理もなかった。管理すべき人間が不正に手を染めていたのだから……。

言うか言うまいか迷ったが、これは先輩の耳に入れておくべきと思い、報告すると、「信じられん……」とさすがの赤井も青ざめた。

赤井はかつて浪速のロッキーと呼ばれ、大阪では知らぬ者などいない超人気プロボクサーだった。十二連続ＫＯという当時の日本タイ記録を打ち立て、順風満帆だったが、世界タイトルマッチを見据えた前哨戦でＫＯ負けを喫し、脳挫傷による硬膜下血腫という瀕死の重傷を負った。幸いにも一命を取り留めたが、もはやリングに上がれない身体となってしまった。あれだけ夜も日も明けず「赤井！　赤井！」と群がり、はやし立てた連中が手のひらを返し、一人また一人と側を離れ、姿を消していった。

赤井はそのとき、人間不信に陥った。そんな折、変わらず周りにいてくれたのは高校大学のボクシング部の後輩たちだった。感じるところがあったのだろう、赤井は俳優の道に進もうが東京に住まいをもとうが、ずっと後輩と一緒だった。もっと演劇界の先輩や役者仲間と付き合うべきとの声もあったが、まるで学生時代のまま、後輩を呼び寄せて周りに置きたがり、その代わり損得なく後輩たちを盛り立ててくれた。

そんな後輩の分際でありながら、赤井先輩を裏切ってその顔に泥を塗ったことが、上山はどんなに考えても悔しくて許せなくて、正直この手でどつき回したかった。

ついにその日はやってきた。応接室に内田と岸本を呼んだ。そこには弁護士二人と税理士、そして赤井も待っていた。「あ、赤井先輩。おはようございます」内田の挨拶にも赤井は口を真一文字に結んだまま動かない。異様な雰囲気に二人の顔が引きつった。

上山は努めて冷静に口を開いた。

「本店の売上低迷の問題についてやけどな……。オレは今日までずっと遡って帳簿を調べてきた。本店の締めは内田がやってるもんやと思ってたが、内田がおらんときは岸本がやってたそうやな」

「はい、そうです」

「お前が締めてる日に、どうやら、レジの空打ちが行われてる形跡がある」

岸本の顔が一瞬白くなった。

「私のこと、疑ってはるんですか」

「疑うてるよ。これだけの人を呼んでるんや、証拠もなしに単なる疑いだけで来てくれるはずないやろ。金額も上がってるんや」

「……」

「言おか？　お前が抜いてきた金は、ざっと二百万」

「……」

「まだこの期に及んでシラを切るというのんか。どやねん、やったんか、やってへんのか！」

「……申し訳ありません」

「やったんやな」

「はい……やりました」

「認めるんやな、岸本。お前はクビや！」

そこへ内田が口をはさんだ。

「会長、ちょっと待ってください。人間誰しも魔が差すっちゅうことがあるやないですか……」

――なんやおかしなこと言い出しよった。

「岸本は不正を認めて謝ってますし、穴開けた分は自分が責任もって弁償させますんで。ここは私の顔に免じて、クビいうのはなんとか考え直してもらえませんか」

「クビを撤回……お前の顔に免じて……なめとんか！」

上山は真っ赤になって怒鳴った。

「何をシラこいこと言うとるんぢゃ！　盗人猛々しいとは、内田、お前のこっちゃ！　お前の着服した金を洗いだしてて、念のためにお前が連れて来た岸本も調べたら、まあ出てくる出てくる……。結局、お前ら二人グルになって本店のレジの金抜いとったんやないか！」

「会長、それは誤解です。そんなことやってません。赤井先輩、信じてください」

「信じられるもんなら、信じたいわい……」

そう言い捨てて、赤井は横を向いた。

「被害総額、なんぼになると思ってるんぢゃ！　七百万円やぞ！」

内田と岸本は口を開いたまま、固まった。

「こんなもん、レジの空打ちどころやあらへんがな。お前ら二人が口裏合わせて会社を食い物にした背任行為で、業務上横領に間違いない。告訴するために弁護士の先生も呼んどるんや。反論があると言うなら言うてみぃ！」

言いながら、上山は情けなくなってきた。

「赤井先輩……、先輩にだるま継げと言われて、一緒に大きしよう言うて頑張ってきて、あげくの果てがこのザマですわ。会社に泥棒飼うてたようなもんです」

いや、会社を引っぱる人間が泥棒やったということや。気づいたら屋台骨をボロボロに齧られて、いつか屋根ごと崩壊するところやった。

「反論がないならこれまでや。二人とも明日から一切だるまに出てくることはまかりならん。ええな。日をおいて出頭命令出すからそのつもりでおるように。以上！」

立ち上がり、真っ先に部屋を出た上山だったが、砂を噛むような、なんともいえない後味の悪さが残った。

数日後、荷物を取りに現れた内田は、行きがけの駄賃とばかりに元の部下に近づき、言葉巧みに串かつの衣の配合レシピを盗ませて、そいつを懐に入れたまま杳《よう》として行方が分からなくなった。どこまでも性根の悪い、平気な顔で後足で砂をかけて行ったことに無性に腹が立った。

この一件により管理体制の見直しが始まった。人・物・金の管理を引き締め、レジ打ち・締めを交代制にし、旧式のレジから、操作履歴が残り、厳重なシステムをもつポスレジ導入へと進めた。従業員のタイムカードは不正防止の静脈認証式のタイムレコーダーにした。さらに在庫管理を強めることで原価意識をもたせ、品質管理・衛生管理を高めるようにした。怪我の功名としてさまざまなものが一挙に変わり、だるまは商店から会社へと動き出したのだった。

違法行為には訴訟などの然るべき措置を取ったが、衣のレシピの漏洩についていうと、串かつは衣だけで完結するもんやなく、油やソースとの相性があってのものなので、衣だけパクられてもそう簡単にだるまの串かつの流出には至らなかった。

上山はこの件でもすばやく手を打った。大手製粉会社との間で秘密保持契約を結び、今までどおりの粉のブレンドを任せることにした。二度とレシピが盗まれることのないようにリスクの分散を図ったのだった。

半年ばかり経った頃、風の噂に、内田が九州で〝本場大阪〟を謳い文句にした串かつ店を出した、と聞こえてきた。

第四章　情の街・新世界

こんなところで足踏みしてるわけにはいかへんのや！　だるまを、より強固な会社組織にするためには、もう他人頼みなんかにしてる場合やない。上山はリーダーとして覚悟をもち大ナタをふるい、先頭に立ってぐいぐい引っ張っていくことを決意した。

まず会社にとっていちばん肝心なのは「人・物・金」。この三つは会社の資源やから、これをいかに管理するか、生かすも殺すも経営者の手腕次第ということになる。なかでも重要なのが「人」や。人づくりがいかに難しいかは、ホンマに身に染みた。もう二度とあんな目には遭いたなかった。組織を大きくするためには人材を育てるのが急務や。直ちに店長クラスの人間を育てないと、今後の発展はありえへん。

上山はねじり鉢巻きで机に齧り付いた。

前職で身につけた知識と経験と自らの考えを総動員し、店《たな》の経営やらマーケティングやらの本も頭に叩き込んで、鼻血が出そうな勢いで人材育成のテキストをまとめ始めた。

「オレの見方や考え方を叩き込んだ、オレの分身を何人つくれるかが勝負や！」

目の前のことだけにとらわれず、この先、十年二十年経っても、オレがおらんようになっても使える人づくりの手引きを残すんや、とコツコツ書いていった。

まずは「店長心得」とした。

――店長たるもの……よし、この感じでいこ。社員・アルバイトの先頭に立って率先垂範せなあかん。率先垂範……自ら進んで模範を見せるということやな。スタンドプレイやないで、目に付かない地味でしんどい仕事でも、自分から進んでやってみせること。自ら汗をかくということが肝心や。なんぼエエこと言うても、口ばっかりでちっとも動こうとせず、ふんぞり返ってる奴がおるな。自分はデキる人間やと己惚れて口でエラそうに言うばっかりでは、振り返ったらスタッフが誰も付いてこず、オレ一人かい……ということになる。自分一人の力で状況の打開なんかそうそうできるもんやないで。ここは部下とコミュニケーションを取って、納得ずくで協力してもらわんと物事は前に進まへん。要するに、役割分担するということや。

それから、人材教育のコンサルティングがよく口にするＯＪＴ（オン・ザ・ジョブ・トレーニング）ちゅうやつや。すなわち座学ではなく実践。店舗や現場において実際にやってみせる～丁寧に説明する～やらせてみる～チェックして改善指導する、という流れや。こうした繰り返しのなかからリーダーシップが身についていくっちゅうのはどや。カタカナ多いてか、そら大方、米国の経営学のセンセが考えはったからちゃうか。

店長たるもの……運営上の仕組みを理解したうえで、オペレーションのシステムを確立しておく必要があるのは分かるやろ。例えば新店を出すとしたら、店の設計や構造をいち早く頭に叩き込んで、作業ごとにモノや人の配置を考えることが大事や。店長はオープン時からしっかりとスタッフの動きを観察して、どこに無理や無駄があるかを見極めて、速やかにその対策を練って、理想的な人員配置……フォーメーションを考えねばならん……っちゅうのはどや。ちょっと硬いか。いや、こういうもんは硬うてええねん。

店長教育いうのは口で言うだけでは、きちんと伝わらんねん。ほんなら、思いを綴った刷り物を作って、配布して読めと命じるのはどうかというと、余計アカン。そんなもんおとなしく読む奴なんかおらん。いちばん効果があるのは両方合わせることや。書いてあるものを口で伝えるいうこと。これができて、初めて周知徹底という言葉が使える気がするな。組織にとって周知徹底とは、極めて大事なことなんや。


頭が煮詰まって湯気が上がりそうになり、事務所を出て新世界のバー「アビー」へ行った。ここのカウンターで、スコッチのトワイスアップなんぞを傾けていると、頭の凝りがほどけ、クールダウンになるような気がした。

「会長、だいぶ疲れてはるみたいですね。あんまり根詰めて仕事してたら身体壊しまっせ」

「そう見える……？　しゃあないねん。ここでやっとけへんかったら、のちのちまたえらい目に遭うことになる思いますねん」

「たまにはまったく違うことしはったら？」と、カウンターの上に差し出されたのは一枚のチケットだった。

「良かったら。息抜きに行ってきはったらよろしわ」

マスターに勧められるまま、通天閣地下の会場へ向かった。ここはかつて将棋センターで、その後はカラオケのステージを設けて、一時、通天閣のミニチュアを頭に載せた失神歌手、通天可久子のホームとしてマスコミに取り上げられた場所だった。上山は縁がなくて足が向かなかったが、音楽は嫌いではなかった。

遅れて入った小田切ハルミショー。およそ新世界に似つかわしくない若い連中も集まっていた。演歌かムード歌謡かと思ったが違った。R&Bのような昭和歌謡のような、カラッと明るく歌いながらも、その裏にジメッとした大阪南部の湿気を感じるような歌。ここんとこ生傷が絶えなかった胸の内にじんわりと染み込むような気がして、大阪、捨てたもんやあらへんな、と上山は不覚にも涙ぐんだ。

終わって舞台袖に挨拶に行った。

「あら、会長、来てくれたんですか！」

「びっくりしたがな、自分、歌手やったんかいな」

常連客のハルミちゃんやった。日頃はジーパン履いてすっぴんやから分からんかった。それからちょくちょく一緒に飲みに行く機会が増え、なんや分からんけどこの女の前やったら許されそうで、たまには仕事のボヤキも聞いてもろた。

「ホンマに、身内同然の後輩に裏切られたら、キツイなんてもんやないで……」

ああ、またこの話してもうてるわ、ワシ。酔うてても気づくんやけど、そんなときもハルミちゃんは嫌な顔見せんと、

「そやけどな、そんな性根のアカン奴いうのは、何さしてもアカンと思うねん。会長、元気出し！　まだまだだるまには大きくなっていってもらわんと！」

と背中をどやしてくれた。

どこまでも前向きなのが新世界に生きる女なのか。上山には目の前のハルミちゃんがどこか百野ヨシヱと似ているような気がしてきた。

遅れて合流した赤井先輩は珍しくまだシラフだった。

「あのなぁ、新世界で出物の物件があんねんけど、上山んとこどうや？」

なんでも旧友が赤井に持ち掛けてきた話で、「オレが買うてもしゃあないから、だるまにどうかと思ってな……」と言う。もともと住んでいた人の孫が相続しているが、飲食店嫌いで、これまで何度もあった売買の話は、ことごとく断られてきたという。

「場所は、新世界のどのへんですねん？」

「分からん」

「頼んない話をありがとうございます」

赤井が来ると、「おい、あいつも呼んだれ」となるのが常で、後輩が一人増えるごとに乾杯が繰り返される。乾杯ごとに、「当ててや！」という赤井。グラスを当てなければ乾杯と認めないので、参加者はその都度、赤井の席までグラスを持ってカチリと当てに行かねばならなかった。こうなると、もはや不動産物件の話などどこへやら、他愛ない中学生の下ネタみたいな話で盛り上がり、夜も更けていった。この夜、上山はしたたかに酔った。


気が付くと上山たちは、またしても白昼の新世界の路上に立っていた。

新世界で飲んでいたのだから新世界でいいのだが、問題は時計の針が巻き戻っていることだった。

「ワシら、どないしてもここから逃れられへんみたいでんな」

「ナンギなこっちゃなぁ」

ため息をつく上山を横目に、他人事みたいに赤井が言った。

街のそこらじゅうにまだ戦争の爪痕が見られ、建物の焼け跡が残っていた。通天閣のあった場所は噴水になっていて、

「このぐるりには、ようけの死体を並べたんや。五十体以上あったかな、そら真っ黒い炭みたいになってるのもあったなぁ……」

「気の毒なこっちゃったなぁ」

とオッサンらが大きな声で喋り合っていた。

だるまはどうなっているのか気になり、見に行ってみることにした。表にあるパーク劇場は焼けたあと、再建されぬまま原っぱになっていて、丸太を組んだ掘立小屋でサーカスや見世物が出ていた。この日はストリップショーの幟がはためいていた。

「上山、ちょっと覗いていこか」

「先輩……、先にだるまへ」

「あ、そうか……」

赤井は口惜しそうな顔を見せた。

新世界ではいち早く復興した「づぼらや」が、新味ふぐ汁を売り出し、戦後のアプレゲールたちに人気だった。丼に身とアラの出汁に豆腐とネギが入り、十五円。これを夏場でもふーふー言いながら、舞台がはねたレビューの踊り子までも、メイクも衣裳もそのまんまで食べに

来た。まだてっちりがメジャーになる前のことで、フグの身はせせられ、残った小骨は地べたにぽいと捨てられた。

廃材利用のバラックで再開しただるまは腰掛けになり、店内には復員してきた正雄と女性店員が二人立っていた。

「邪魔するで」

「いらっしゃい。まだねぇ、あんまり材料がそろってませんのや」

「あるもんでかまへん。適当に揚げてもらえるか」

「へい」

「一本三円になったんやな……」

「へえ、新円切り替えからこっち、値上げになりまして」

そこへ、どやどやと四、五人の男たちが入ってきた。刑事らしかった。

「だるまはん、アンタんとこは闇物資は使うてへんやろな!」

「へぇ、使うてまへん」

「メリケン粉はどないしてんねん」

「ウチはこれですねん。こんなフスマ粉で我慢してもろてます」

「フスマ粉は三等粉やさかい統制外やな……。今後も法令順守で、闇買いなんかせんようにな」

「へぇ、ご苦労さんです」

正雄は男たちを見送って、「フスマ粉みたいなもんで串かつ揚げられるかいな……」と呟き、小麦粉の入ったボウルと入れ替えた。

聞けば、一九四五年（昭和二十年）の第一次大阪大空襲の際に、妻子が最初に逃げ込んだ防空壕に避難した人は全員蒸し焼きになって死んだという。「ウチのは、すんでのところで誰か知らん人が防空壕から引き出してくれて助かったんだす」と言う。「それ、目の前の私らでっせ……」と喉まで出掛かった言葉をなんとか飲み込んだ。

店は影も形もなく燃えてしもて、焼け跡の瓦礫の中には焼けただれた金庫だけが取り残されていた。「もうアカンやろ」とかづゑがそっと蓋を開けたらきれいにお札の形のまんま灰になっていた。ホッとして家族のほうを向いて、「このまんま、銀行へ持っていったら新札と替えてもらえるって聞いた」と言うた途端、一陣の風が吹き、灰をすっくり巻き上げていったという。

「そら、えらいことでしたな」

「ウチだけやおまへん、みんなひどい目に遭いました」

「食材は手に入りまんのか？」

「そら、闇市行ってみなはれ。金さえあったら、なんぼでも手に入ります」

「先輩、見に行ってみましょか」

「よっしゃ、大将すまんな。ちょっと行ってくるわ」

行ったら分かると言われ、二人は天王寺駅前の自由市場へと行ってみた。

確かになんでもあった。芋、うどん、ぜんざい、パン、ホルモン焼き、おにぎり、カレー、やきめし、関東煮、シチュー、雑炊、焼酎、ばくだん、本直し、古着、古本、鍋釜、コウモリ傘、蚊帳、靴片方、傷痍軍人、托鉢坊主、青空床屋まであった。

市場は活況を呈しており、

「銀シャリや！　銀シャリ！　三つで十円や！」

「寿司、寿司、寿司、握りやで～、江戸前やでぇ～！」

という呼び込みの声が各所で飛び交っていた。

最も取り締まりがうるさいはずの米も普通に売買されていた。

「先輩、腹減ってきましたわ。なんか食べまへんか」

「雑炊、エエ匂いしとんで」

「あれはやめときましょ。あれ、米軍の残飯でっしゃろ。煙草の吸い殻やコンドームまで入ってるいう話でっせ」

「……それってサラ（新品）か？」

「使用済みに決まってまんがな」

「オエッ！」

「ええっ、もう食べてまんのか！」

しかし、エライ人出やなあ。やっぱり大阪の活気っちゅうのは食い気からと違いますか、ねぇ先輩……と見れば赤井は人混みの向こうを見たまま動かない。その先には荷物を両手に提げた中年のおばはんの姿があった。

「誰でんねん、知り合いでっか?」

「おばあちゃんや……」

――そうや、先輩のおばあちゃんいうたら、漬物屋してはった赤井ナントカいうおばあちゃんや。ワシも気が利かなんだ、実家のある今池とは目と鼻の先やん。なんで今まで行ってみましょ、とよう言わんかったんや。

「すまんけど、ちょっと行ってくるわ」


赤井は「おばあちゃん、荷物を持ってあげましょう……」と言いたかったが、闇市でそんなこと言うてくるまともな人間なんておらん。怪しまれるに決まっていた。

赤井の祖母、するゑは五十五歳。人通りの多い旭通りをふーふー言いながら重そうに歩いて行く。距離をとって赤井が追い、そのあとを上山が続いた。

西成の今池町一帯も空襲を免れきれなかったが、漬物店を出していた今池市場はなんとか半焼で済んだ。元の商店主たちは疎開先からぽつぽつと戻り、店の修繕をしたり、商品の段取りをつけたりして再開し始めていた。

店に戻ったするゑは野菜の束を土間にどっこいしょと置いて座り込んだかと思うと、すぐさま奥へ入って大きな樽を運び出そうとしていた。赤井はたまらず店内へ駆け寄って樽に手を掛けた。

「そのお歳で、女一人では無理ですわ」

「あら、ご親切さんに、おおきに」

「これ、中洗うたらよろしいのんか」

樽を店先へ出した赤井は、するにそう訊ねた。

「そうですねん」

「やりまんがな、おばあちゃん」

「いや、えらいすんまへんなぁ。どちらさんでっか?」

「この辺のもんですがな」

赤井は樽の中を亀の子タワシで洗いながら、

「ワシもガキの時分、随分手伝わされた覚えがありまんねん。おばあちゃんとこ、赤井商店でっしゃろ?」

と話し掛けた。

「あれ、ようご存じで」

「これ杓子菜《しやくしな》や。懐かしいなぁ……」

折角、おじいちゃんとおばあちゃんが興した漬物と味噌の店「赤井商店」やけど、孫の代になって、姉も兄も自分も誰も継ぐ者がおらず、潰してしまうことになるんや。おばあちゃん堪忍やで、と赤井は申し訳ない気持ちで胸がいっぱいになった。

「あーちゃん。えらいこっちゃ」

店の奥から誰かが出てきた。

「どないしたんや」

「うわっ、なんやこの人……」

「親切に手伝うてくれてはるんや。これはウチの三女。ほら、挨拶しなはれ」

「久栄です」

「あ、私……英和です」

赤井はみるみる涙目になっていった。二〇一九年、九十三歳で旅立った母、久栄の娘時代である。自分の知らない、二十歳そこそこの久栄が目の前にいた。自分の顔をじっと見つめてべそかいてる中年男に久栄は気味の悪さを覚えた。

「忘れてた、えらいこっちゃねん。こないだ空き巣に盗られたアタシのべべ（晴れ着）な。あれが古着屋の吊るしで売られとってん」

「なんやて？　どこでや？」

「動物園前の闇市の屋台や。間違いない。ウチ、この目で確かめてきたもん」

「警察に言うか」

「せやけど、こんなもん警察に言うても取り合うてくれへんやろ……」

話を聞いていた赤井は亀の子タワシを放り出して、立ち上がった。

「泥棒にとられたお嬢さんの着物が売られてまんのか。間違いないんか？」

「うん、間違いない！　ウチの娘時代の思い出が詰まったべべやもん」

久栄は今にも泣き出しそうな顔で、そう言う。

「よっしゃ、どこの屋台や。案内しなはれ」

店先で遠巻きに眺めていた上山も、肩をイカらせて歩く赤井のあとに続いた。

飛田本通りから現在の地下鉄動物園前の駅があるところに出て、すぐ右側にあった露店の前で、

「あれや。あそこに吊ってある」

と久栄が指をさした。

「あれか、よし。大将！　あそこの着物見せてくれや」

「さすがお目が高い！　これ入ったばっかしの上物や。勉強しまっせ」

店主が着物を下ろし、赤井たちに差し出す。

「どや、これで間違いないか」

「銘仙や。この柄でこの丈……ウチのに間違いない……」

「おい、オッサン！　この着物はもろて帰るで！」

「ちょちょちょ……あほなこと言うな。お前どこのもんや！」

「どこもへチマもあるかえ！　この着物はこの子の家から盗まれたもんや！　おのれか、盗みくさったんは……」

「あほ言え！　証拠でもあんのか！」

「証拠もクソもあるか。この子泣かせる奴はワシが相手になったるわ！」

「お前、商売の邪魔したらどないなるか分かっとんのか！」

「分かってへんかったら、どうやっちゅうんぢゃ！」

赤井はいきなり店主の顔にビンタを入れた。

「イタッ！　何さらすんぢゃ！」

――ああ、先輩やってもうた……。こうなったらいくとこまでいくしかおまへんやろ。

上山は店主に飛びついてヘッドロックで締め上げた。

「誰や。誰がこの着物盗ませて売ってるんや！」

「言えへんのやったら、次はグーでどつく！」

「アタタタ……し、知らんっちゅうねん。わいは古着屋から買うたまでや」

「お前らみたいな鉄砲玉、話にならんわい。上を出せ。ここらは誰が仕切っとるんや！」

「こ、ここらの露店の元締めは、新世界の……大政いう親分ぢゃ……」

「ようし！　そこと話つけてきたる！　そのあとで泣いて謝っても知らんからな。お嬢さん、着物はもうちょっとだけ待ってください、必ずええようにしますんで」

久栄は半ば心配そうな表情を浮かべながらも、

「おおきに……。どちらさんか分かりませんが、ご親切に。おたのもうします」

と言って、ペコリと頭を下げた。

「こっちのほうこそおおきに。おばあちゃんにくれぐれもよろしゅう……上山、行くで」

「へい！」

大勢の野次馬がさっと一歩引くと、まるで花道ができたみたいで、そこを赤井は胸を張って颯爽と歩いた。あとに続く上山も気分は悪いはずなかった。また赤井という男は大向こうが多ければ多いほど、その気になるというか、成りきってしまうところがあって、ここらはさすがに役者根性というものを感じるのだった。

「先輩……、世直しでんな？」

「そや、世直しや」

学生時代、一緒になって夜の盛り場を歩き、行儀の悪いヤンキーがおったら、世直しやとどついて回ったのを思い出した。

二人は縄のれんを跳ね上げ、一杯飲み屋に入った。

「悪いな、酒一本。猪口二つ」

二人は景気付けに一杯グイッと空けた。

「姐さん、ここらで大政いう親分いてるの知ってるか？」

「知ってるも何も。浪速区きっての親分ですがな」

「そんな大物か……？」

「そうよォ、子分が百人ぐらいおるんちゃうかな」

「そうか……」

二杯目をグイッ。

「先輩かて、ひと声掛けたら後輩百人は集められますやん」

「あほんだら、こっちは番組で後輩千人集めたことあるわい」

まぁ敵は命のいらんヤツらが百人やけど……と上山は思ったが、いらんこと言うのはやめた。店の人間に新聞紙の束を持って来てもらい、晒《さらし》代わりに腹部に巻いた。あまりにも丸腰なので、万が一を考えてのことだった。この辺から上山の脳内で「人生劇場」の旋律がエンドレスで流れ始めた。

「先輩、作戦はどうしますか？」

「作戦は……当たって砕けろや」

赤井は得意げに白い歯を見せて言った。

「生きて帰るぞ……。当ててや」

カチリと合わせた三杯目の盃を飲み干し、二人は夕暮れの街へと繰り出した。

急に路上にガラの悪そうな男たちの姿が増え始め、赤井と上山を警戒するようにちらちらと見ている。通天閣跡を過ぎて北へ向かうと、じきに黒板塀を巡らせた大政の組はあった。

「先輩、向こうはこっちが来るのん知ってはるようでんな」

「そら説明の手間が省けるっちゅうもんや」

二人は門番みたいな大男に促されるように門をくぐった。玄関から待合の部屋に通され、待つことしばし。襖が開き、奥の間に向かうと、十人ほどの人相悪いのに囲まれて座る男が睨みを利かしていた。

「お前らか、飛田本通りの入口でいちゃもんつけて商売の邪魔してくれたんは。何しにノコノコ来たんぢゃ！　ただで帰れると思うなよ！」

ビリビリと襖が震える胴間声に上山も震えた。赤井が口を開いた。

「大政はんでっか。ワシは西成の赤井いう者でんねん。今日は別に喧嘩売りに来たんやおまへんねん。実は私の身内の家に空き巣が入って、娘が大事にしてた着物を根こそぎやられまして。それが今日見たら、あそこの露店で売られてましたんや。盗られたもん取り返しに行って、何が悪いんでっか」

猪首で太り肉《じし》、風呂上がりのように髪をぴちっと整え、どっかりと胡坐を組んでいた大政がしゃがれた声で、

「盗られたかどうかワシャ知らんど！　その空き巣がどこぞの故買屋《こばいや》へ売って、そこから何人か挟んで転売から転売されたらもう足取りなんか分からん。諦めてもらうしかないがな」

「親分さん、あんた、それでよろしいのんか……」

頑として譲ろうとしない大政に、上山が静かに問い掛ける。

「盗品の着物が売られてたんや。泣いてる人がそこにおるいうのに、そんなアコギな商売やってはるんでっか」

「なんやと！」

上山、ひるまずに、

「商道にもとる、と思いまへんか。大阪商人の道に反するんやおまへんのんか！」

「なにィ？」

「そや思いはりまへんか！」

子分どもが次々に色めき立った。

「おのれら、言わせとけばエエ気になりくさって……」

ドスを抜いた子分どもに囲まれ、赤井と上山は凍り付いた。その時、

「待て待て、やめぃ！　この座敷を血で汚すことはまかりならん！」

と大政親分が立って制止した。

「生意気な口叩きよって、（白衣を見て）だるまやと……ふん、商道やいわれたかて、ウチは商売人やあれへんがな！」

大政は座り直し、「そやけどな……」とちょっと考えて、

「ウチもちょうど、青空市場の風紀の件では天王寺署から頼まれてる手前、そんなしょうもない商売してるやつがうちのシマ出入りしてるのでは示しがつかん。よっしゃ、あんたんとこの着物の件はワシに預からしてくれ」

と思いがけぬことを口にしたのだった。

「えっ……」

「悪いようにはせん。必ず着物と一緒に謝罪金つけて返させる」

「ほんまでっか」

「ああ、ほんまや」

「さすがは話の通じる大政はんや！」

二人の喜ぶ姿を見た大政は、

「直接ワシに物申しに来る奴いうのは、そうはおらん。エエ根性しとんで、あんさんら。もう一寸若かったら、こっちの世界でも出世できたかも分からんぜ」

と笑い、「今日は気分がエエわ」とポンポンと手を叩き、女子衆に「急な客人ぢゃ、酒の用意して持って来てくれ」と命じた。

「またそんなこと言うて、酒飲まして油断させといたところで、さっきのドスでどてっ腹をブスーッと刺すんちゃいますやろな……」

と赤井が言うと、若頭らしいのが横から口を挟んだ。

「そんなこと親分がすると思てんのか！　ホンマにやったろか？」

「いえ、結構です……」

極度に緊張した空気が尻からシュ〜ッと抜けてしまい、上山は地べたにペタンと座り込んでしまった。

しかし、いかにも凶悪そうな男たちを目線一つで動かし、嬉々として使われている若い衆を見て、この大政という男に上山はひどく興味が湧いた。

お膳が運ばれてきて、こっちは赤井と上山、向かいに大政親分、両側に舎弟格が座った。

「まぁ、今回のことはワシの監督不行き届きいうことで。さ、遠慮せんと一杯やってや。今後、新世界でなんぞ困ったことあったら、いつでも言うてきてくれ」

赤井がいい飲みっぷりを見せる。後ろに立つ子分が間髪を入れずお酌をした。

「一つだけ、よろしいですか」

「なんや」

上山が気になっていることを訊いた。

「人の上に立つうえで、最も大事なことはなんでしょう?」

大政はニヤリとして、

「義理と人情……。それに……やせがまん！　これに命を懸けることや」

と言って、盃をあおった。

ほんまもんの俠客が口にする言葉には重みがあった。

「今は分からんやろうが、いちばん上に立つ者っていうのは孤独なもんや。その孤独と戦うていくしかないんや。あんたらも、いつか分かる日が来る。きっとな……」

パソコンのブルーライトで目が覚めた。画面を見て「ぬおおっ！」と声が出た。

「おおおおおおおおおおおおおおおおおおおおおおおおおおおおおおおおおお……」

——「お」だけで五十三ページも行ってけつかる。頰っぺたにキーボードの型がついて、モナカアイスみたいになっとるやないか。アカンアカン……完全に寝てもうてた、首ビシビシや。

「義理と、人情と、やせがまん……言うとったな……」

義理とは、自分の利害に関わりなく、人として行うべき筋道のこと。人情とは、一切のものに対して抱く思いやりの心。そして、やせがまんは、自分を抑えて辛抱せよということ……上山にはそう思えた。

キーボードのよだれを拭き、ふんどしを締め直して残りの仕事に取り掛かった。

数日後、赤井がもってきてくれた例の新世界の物件を見せてもらいに行った。通天閣を北へ抜けてすぐにある、長年使われていない旅館跡で、何十年も風を通していない荒れ家だった。しかし場所的には文句の付けようもなかった。

「そやけど、飲食はあかん言うてはりまんのやろ」と聞くと、

「それがどういう風の吹き回しか、だるまさんやったらええと言うてくれまして」

「そら、有難い。こちらは代々旅館やったんですか?」

「もともとは違うらしいんですけど……。言うてええんかな」

「なんでんねん。言いなはれ」

「ちょっと言いにくいんやけど……。なんでも、テキヤの親分のお宅やったそうで……」

「大政はん……」

上山は呟き、古い大黒柱を撫でて目を閉じた。

第五章　なにがコワイ街やねん！

二〇〇五年（平成十七年）いわく因縁のあった場所に華々しく通天閣店をオープン。三階建てにして店の上に事務所を設け、ここを本社とした。

通天閣から北側は、三本の道が放射線状に延びていて、西から「新世界本通商店街」、「春日通」、「合邦通」。なんでか北側だけパリの凱旋門一帯を真似て造ったんやそうで。

新世界本通商店街はメインストリートになっていて、地下鉄恵美須町駅へ通じる北の玄関口。今も盛業中の老舗「総本家更科」のような大店が並んでいたのがこの通り。

北へ真っ直ぐ延びる春日通は、奈良の春日灯篭にちなんだ名前らしく、かつては夜店通りとも呼ばれ、三と八の付く日は夜店がズラリと並んでそれは賑やかに人を集めたそうな。北東へ延びるのが合邦通。ここは四天王寺・一心寺への参道であり、この通りを逢坂へ出たところが、かの合邦辻。文楽・歌舞伎で知られる「摂州合邦辻」というのはここがそもそもの舞台だとか。新世界本通以外、ほとんど飲食店の姿なく、ぽつぽつとゲイバーやらスナック、あとは普通に住居がある静かなエリアだった。

通天閣店はまさに通天閣のお膝元。絶好のロケーションではあるけれども、飲食のお客さんをここまでひっぱるのは楽なことではなかった。それまでほとんどの観光客は通天閣の南側で完結してしまっていた。づぼらや界隈で食事をして、ふぐの提灯を入れたベストポジションで通天閣を撮影するのがせいぜいで、通天閣に登る人もそうはいなかった。わずかな距離ではあるけども、この数十メートル北まで呼び寄せるというのが遠かった。そこで、まずやってみたのが看板だった。

本店・ジャンジャン店では周りが立て込んでいてやりたくてもやれなかったが、ここはデカイ看板でアピールしよう。南側を歩いているお客さんの目にも飛び込むようにと、幅八メートル、高さ三メートルの大看板をどーんと掲げた。しかし、そんなもので食いついてもらえるほど甘いことはない。少しずつでも来てくれているお客さんを逃さないようにするにはどうすればよいか、店長に考えさせた。

ここで初めて店長に抜擢された川端清昭は、九月が近づくとそわそわし出す岸和田のだんじりファイターでもあり、サッカー部出身なのでフットワークは悪いはずなかった。飲食店を営んでいたご両親は、息子が同じ飲食の道に進むことに絶対に反対だった。でも店長を務めた初日に黙って食べに来てくれ、「頑張れよ……」と初めて認めてくれたという、ええ話がある。

川端店長は若さを前面に押し出すことを考えて、まず店に賑やかに流れるBGMを消させた。BGMを消してどうしたかというと、従業員に積極的にお客さんと会話させることにした。それも驚くほど大きな声を出すように指導。そうすると受け答えするお客さんの声も、自然と大きくなっていかざるを得ず、こうした言葉のキャッチボールによって店に活気が生まれていく。もちろんお客さんとのコミュニケーションになり、名前も覚えてもらえる。工夫することで顧客をつなぎ留め、リピーターになってもらうことができて、こういう一つ一つを積み上げてだんだんお客さんが来てくれるようになっていった。通天閣ラインを越してくるには、三カ月は辛抱が必要だったのである。

出店を決めたときは絶対的な勝算があったわけでもなく、勘に近いものがあったが、その勘が的中するのが上山の引きの強さ。もって生まれたか、あとで備わったか分からない〝運〟というものが働いていた。しかし、この運というのはボ～ッとしてて掴めるものではなく、いつチャンスが巡ってきても逃さないという気構えと、日頃からの準備というものが作用するのだろう。

その後、順調に売上を伸ばし、二年後には隣を買い足して五十五席に増床。いつしか通天閣から降りてきたら、だるまで串かつを食べて帰るのがセットみたいになってきていた。

急に店が混み出したなぁと気が付くと、通天閣が百周年（二〇一二年）を迎えていて、一層観光客の行列ができるようになった。だるまの繁盛ぶりを見て、周囲には次々に大バコの串かつ店ができ始めた。

この通天閣店では初めてフライヤーを導入した。本店・ジャンジャン店は鋳物の揚げ鍋で、あれで揚げるのがいかにも昭和の串かつのイメージで良かったのだが、次から次へとネタを入れていくと油の温度が下がってしまう。これを火加減で百八十度にコントロールしつつ揚げていくのは簡単なことではなかった。本店の倍である二十四席では間に合わへんなと判断。試食を繰り返したが、味に差は無かったので、オペレーションのほうを優先した。そやけど昭和の雰囲気を壊してまうなあ……という気がしてならなかった。

同じ年に法善寺店がオープン。ミナミは道頓堀店に次ぐ二店目で、公私ともになじみがあったので雰囲気はつかんでいたけど、今度は大阪人にとっても料理人にとっても特に思い入れの強い場所。「㐂川」さん、「本湖月」さんを筆頭に、大阪を代表する料理屋が集まっている場所だけに、あとから来たどこの馬の骨や分からんのが不協和音を出すのは違うだろうなと思った。

「目立つというのは大事なことなんやけど、ここでは変に出過ぎず、街の先輩たちにかわいがられるように行儀よくスタートすることに努めました。こうしたロケーションに合わせて柔軟な店づくりをするのは案外大事なことやと思うんです」

ミナミでは二度づけ禁止スタイルの串かつはまだ新鮮だったようで、目立たない店構えだったが、ほどなく他店の邪魔にならない程度の行列ができたのはありがたかった。

上山が当初から会社組織にすることを目標に定めたのには理由があった。第一の理由は部下のためだった。なんかエエかっこしてるみたいに聞こえるかもしれないが、部下には肩身の狭い思いなどしてほしくなかった。

「僕はその時点で家庭をもってたし、そのなかで飛びぬけて歳の離れた先輩やったんで、社員の将来というものを考えてやらないといかん。それを思うと、この時点でちゃんとした会社にしないとあかんなと思ってました」

それが経営者としての自分の責任だと考えていた。

明日をも知れない串かつ屋の兄ちゃんでええわけはない。部下がこれから先、結婚して子どもができて、家を買おうと思ったとき、ちゃんとローンは組めるのか、会社としてバックアップはできるのか。さらに厚生年金、健康保険、これも全部きちんとやっとかないといけない。いざというときに国民健康保険しかなかったではどうにも心細いではないか。

「部下がうちで継続的に働いてもらえるようにするということが肝心なんです。一歩外へ出たときに、ウチの会社ってこうですよ、と言えるようにしたかったんです」

前職で社内に別会社のような新規事業を立ち上げてきた経験と、さらにここに「運」と「縁」が働いていた。

赤井先輩が長年世話になっていた税理士がいた。赤井がプロボクサー時代、後援会長の会社の顧問税理士をしていた人で、上山もだるまを引き継ぐ以前から知り合いだった。この花岡先生という人は外見はふわっとしているがキレ者で、一つボタンを掛け違うと赤井も手を焼くほど、言い出したらテコでも動かんという人物。しかし納税者の味方であるし、顔も広いということで、二〇〇三年の会社設立のときから、登記やら法人格としての取引、もちろん税金のことなど相談に乗ってもらっていた。顧問契約を結ばせてもらい、銀行とのお付き合いもこの花岡先生を通して始まった。

通天閣店を出す際にメガバンクから一億三千五百万円の借金をした。それまで銀行借入などしたことのない上山にはまあまあデカい金額だった。これをきちんと計画的に返済し、信用をつくっていったというわけだ。

当時、わざわざ新世界に本拠地を構えるという会社はほとんどなかったのではないだろうか。振り返ると最も景気の良かった時代、新世界で成功すると、みんなこの街から難波《ミナミ》へと出て行ってしまった。「はり重」さんにせよ「さと」さんにせよ、そういう道をたどって大きくなった。道頓堀に店を出しながらも、ずっとここにあり続けたのは「づぼらや」さん（令和二年廃業）ぐらいだった。

今現在のだるまでいうと、例年二十名ほどの新卒が入社する経営規模になっていて、そうなると梅田あたりの洒落た超高層ビルをフロア借りして本社を構えたほうが、それは世間体も見た目もシュッとしててカッコよろしいわ。確かにそうした場所で迎え入れたほうが新入社員の数も増えるはずだ。でも本拠地はここから動かす気などない。

「なぜかというと、ウチがこの新世界で生まれたからなんです。ここで生まれてここで育てられたんやから、新世界に根っこを生やすのがボクらの使命や。だから地元の業者さんとつながって、地元に愛着を持ち続けること。そういうポリシーを持とうと社員にも自分にも言い聞かせてきたんです」

地元でいうと創業以来の付き合いであろう、新世界市場の精肉店シバタや、二百年の歴史をもつ木津卸売市場は長年にわたる得難いパートナーと考えている。

高さではどんどん新しい建物に抜かれていっても、いつまでも通天閣が大阪代表であり続けるように、だるまもまた新世界と強く結び付き、大阪代表に挙げられる存在となる日を目指し続けるのだった。

——大阪を知らない人から、最も大阪的なところを案内してくれといはれると、ボクは法善寺へ連れて行く。寺ときいて二の足を踏むというなら、浅草寺だって寺ではないかと言ふ。つまり浅草寺が「東京の顔」だとすると、法善寺は「大阪の顔」なのである。

一九四三年（昭和十八年）織田作之助『大阪の顔』より

大阪が生んだ戦後無頼派作家、織田作之助、通称織田作はんがこう書いてから約八十年も経っているが、今も法善寺界隈は風情の残るミナミの顔である。

だるま法善寺店を西へ歩くと、じきに水掛不動さん。さっと手を合わせて西門を出た目の前、そこに上山が売地を見つけたのは道頓堀店への行き帰りだった。

西門から東西に延びる水掛不動尊表参道は元を難波新地中筋通りといい、戦前はお茶屋が軒を連ね、南地芸妓検番もある色町だった。それを東へ抜けると今も昔も変わらぬ戎橋筋商店街の喧騒が聞こえてくる。今はもうお茶屋街の片鱗もないが、少々の静寂と元色町の潤いが微かにしのばれる通りである。ここの最も法善寺寄りにその物件はあった。

物件に巡り合うためには、常にアンテナを張り巡らせておく必要があるが、結局は運に頼るところが大きいといえる。店舗展開するなかで確実にいい場所を押さえていくのは、店を繁盛させるうえで何よりの必須条件と上山は考えていた。

　これまで常に分かりやすい場所に店を出してきて当たっていた。通天閣の下、ジャンジャン町の入口。ここは法善寺水掛不動のまん前の角地。まったく申し分ない立地で、この機会を逃すといつまた出てくるかしれないシロモノだった。目と鼻の先の法善寺店とお客の食い合いになるのではないかという懸念もあったが、このチャンスをみすみす逃す手はなかった。

　こうなりゃすばやいのが上山という経営者である。知り合いの不動産屋に間に入らせて調べると、坪八百万で四十坪、三億二千万円。これに上物を建てるとなるとざっと五億はかかる。金策に走った上山はなんとか目途をつけて、とうとう買ってしまうのである。

　それをことさらに喜んだのが赤井であった。

　赤井はこの気持ちをなんとか形にして伝えようと、一計を案じた。

　一九九九年、「浪花人情おもろい町」（十月、大阪新歌舞伎座）は、漫画『じゃりン子チエ』を原作とした芝居で、赤井の役はチエの父親テツであった。ガラからしても打ってつけのハマリ役であった。このときに共演した俳優兼彫塑人形作家の漢山さんが、座長の赤井に作ってくれた人形があった。テツに扮した赤井人形はそれはよくできていて、赤井は大切に自室のタンスの上に飾っていた。自分が喜ぶことは他人も喜ぶに違いないと考える赤井は、上山人形を贈ったらさぞや喜んでくれるやろと考えて、漢山さんに依頼。「ちょっとアゴの特徴を出して……」と注文するのを忘れなかった。

二〇〇七年、法善寺西門前、なんば本店がオープンした。

開店の日、真新しい店には祝い花が飾られ、お祝いにボクシング部の後輩連中も駆け付けたなか、赤井は贈答式を挙行した。

「上山会長、なんば本店開店おめでとう！」

拍手が起こり、もらった箱を開けると、高さ三〇センチほどの石膏製の人形が出てきた。驚いたことに、上山ソックリの人形はだるまの白衣を着て、頭には紺の帽子を被り、両手に串かつを一本ずつ握っていた。みんなに見せると一斉に歓声が上がった。

「先輩、ありがとうございます！」

赤井は満足そうに笑いながら、手を叩いていた。

上山は先輩の掛け値なしに喜ばせたろうという気持ちがムチャクチャうれしくて、涙が出そうになった。「これをだるまの守り神にしていきます……」と言い、早速レジ横に鎮座させた。

上山がぶっ倒れるほど忙しかった道頓堀極楽商店街は、半年で入場者数二〇〇万人を突破するなどの華々しいデビューを飾ったが、次第に集客数は減少していった。わざわざ入場料を払ってまで安くないもんを食べなくても、一歩外へ出たらA級もB級もグルメ店ひしめく道頓堀であるため、観光客の誘致はいまひとつでリピーターをつかみ損ねていた。振り当てられた場所によっても売上の差は顕著であった。京阪神各地の人気店が請われて人員やりくりして出店したのにそれはないだろうと、内部の不満の声も大きくなってきていた。

ところでだるまはというと、店の前には常に行列ができていた。

値段が手頃であったこと、何軒もハシゴするのに串かつのピンチョス的なサイズ感がお腹に溜まらずちょうど良かったこと、時代設定にちょうど合っていたことなどがあり、はっきりいってしまうと、だるまの一人勝ち状態だった。

一店また一店と撤退していくなか、替わりに入った店が名前の知らない店ばかりで、それがまたテーマパーク全体のバリューを下げることになった。

テナント会の会長をしていた上山は、各店から出てくる文句を飲み込みつつ、「このままやったらつぶれてしまうぞ」と、運営会社に挽回策として入場料の徴収を撤廃する案を何度も伝えたが、立場があるのか、ついぞ首を縦に振らなかった。そのうえ、テナント料を値上げすると言われて、相当カチンときていた。

「そんな高い賃料払うんやったら、路面で店できますやんか……」

契約は残っていたけれど、いよいよここを諦めて出ることに決めた。

「そんなことしたら契約不履行になりますよ!」

「ええわい、弁護士でもなんでも立てて訴えてこい!」

鼻息の荒かった上山はそう言い放ち、引きあげた。

売上ナンバーワンの店が出たことで修復不能な経営状態に陥り、その半年後、ついに極楽商店街は閉館となった。オープンした当初は、かつての大大阪《だいおおさか》時代のように栄華を誇ったが、わずか四年で露と消え去った。

上山は思った。もういっぺん新世界に戻ろう……、と。

「私ら、一軒のだるまを守るだけで精一杯やったんで、驚きしかないですね……」

と目を細める、先代百野貴彦。今これだけ若い人を集め、串かつの街のようになった新世界には戸惑いを覚えるほどだと言う。

創業のお祖母ちゃんヨシヱから息子の正雄、息子から孫である貴彦へ。三代までは一家相伝で来ただるまの串かつだったが、四代目で上山という外の血が入ったわけである。百野家にとっては家業だから当たり前に、言われるままに継いできたように見えるが、そこには苦労も苦悩もあり、ただ安穏とバトンをつないできたのではなかった。しばし、三代目の語る串かつの戦後史――


戦後の食糧事情も落ち着いてくると、だんだんと新世界へ遊びに来る客も増え、だるまへ来る客足も戻りつつあった。住み込みの女子衆は二人いたが、忙しくなると手っ取り早く家族も使われ、遠慮なく子どもも店に駆り出された。小学校の時分から手伝わされていた長女好子《よしこ》、長男貴彦は、あの新世界の空襲を潜り抜け、天王寺公園へ避難し生き延びた子どもらである。

朝鮮戦争の特需に潤っていた時代で、景気は良かった。店は押すな押すなの盛況で、りんご箱に入れたお札をギューギュー押さえながら商売した。

昔のこととて、店は盆も正月もない年中無休である。大晦日の夜仕舞うと、もう元日の朝から営業だった。正月も何もあったもんではなかった。

「せめて一日ぐらいゆっくりさしてぇ……」と言っても、父正雄は聞く耳をもたず、先に店を開けに行き、お客さんを入れたあと、「お前ら、いつまで寝てんねん！　早よ出てこい！」と怒鳴りに帰ってくるので、子どもらは泣き泣き店に行かねばならなかった。

正雄は雨の日も風の日も、台風が来ても休まなかった。一九五〇年（昭和二十五年）のジェーン台風のさなか、水が出て停電になっているなかでも、アセチレンランプを焚いて店を開けたというのだからすさまじい。それでも店内いっぱいだったというのだから、食べるお客のほうも肝がすわっていたというべきか。

今と比べて圧倒的に外食できる店が少なかったというのもあるが、商売への取り組み方が働き方改革などという今とでは、やはり根本のところが違っていたような気がする。けど、子どもにとっちゃ迷惑な話である。「なんで台風やのに店開けるねん……」であった。

しかし、昔の家長の絶対的権力なのか、ここの子どもたちは逆らわないのだ。

家では五人姉弟全員、ネタの仕込みをさせられるのは当たり前だった。長女好子が中学に上がると、父親からの圧力はさらに強まり、試験中でも容赦なく「勉強なんかどうでもええから、店出てこい！」と言われ、試験勉強のノートを持って店へ行き、合間を縫って広げるのだった。

「店いうのんは、必ずあてにしてる人がいるもんや。折角来たのに閉まってたらお客さんに気の毒やろ。そやから休んだらアカンのや！」

と子どもたちに言い聞かせる正雄。若き日、板場で修業したプライドはそのまま、素材には凝りに凝って、絶えず新しいもんを食べてもらおうという姿勢をもち続けていた。

とにかく子どもたちは忙しく使われるばっかりで、楽しいことなどない。好子は「一年でいちばん忙しい十日えびす（一月十日）は息もつけないほどで、いちばん嫌な日だった」と述懐する。


新世界はまだ映画全盛の時代。裏の焼け跡の空き地には新世界大映が建ち、勝新太郎・中村玉緒が柿落《こけら》としに来るというので、好子はしょっちゅう裏木戸から覗きに行った。

だるまの並びにある新世界座がはねるのが、夜十時。映画館から吐き出される帰り客のなかで、だるまへ寄ってくれるのはせいぜい一人か二人。正雄はそのお客を待って串かつを揚げるのだった。一人であってもお客さんはお客さんである。終われば十二時、掃除して帰れば一時過ぎになる。

翌朝は、八時ごろに正雄が店を開ける。主にその頃、人気の出始めたパチンコ屋の客が、開店前にちょっとビール一本、お酒一杯引っかけに来ることが多くなっていた。そういう客のために朝から開けるのだ。

界隈では一日・十六日はお客さんが多く、父からは絶対休んだらアカンと言われていた。この日は大工・職人たちの給料日なのだ。この人たちの金払いが良く、店では上客、いちばんケチくさいのはサラリーマンだった。

年頃になった弟たちは要領よくサラリーマンへと逃げ、好子と貴彦はうまいこと親に言われるまま、だるまの仕事を続けることになった。店には母かづゑと三人並んだ。正雄は毎朝きちんと仕入れと開店準備を整え、ぷいと出て行っては夜に戻り、店のシメを行った。店の会計は正雄がひとり握っていた。

ある日、お客に「あんたんとこの大将、ほかの店で働いてはりまっせ」と言われて驚き、半信半疑で見に行くと、小体《こてい》な食事処で前掛けして魚の煮付を作っていた。愛人に店を出させ、自分は調理場に収まっていたのだった。

家族には貧乏させておいて外の女に金を貢いでいることに腹が立ち、母かづゑが気の毒だったが、板前の腕がありながら、親父は毎日新世界で串かつを揚げることに飽き飽きしていたのかと情けなくなった。

そんなヤタケタな親父の姿を見ているからなおのこと、姉弟は堅く真面目に働いた。

貴彦がハルヱと所帯をもってからは好子は退き、夫婦二人で切り盛りするようになった。

一九五六年（昭和三十一年）十月二十八日、二代目通天閣が開業。初代の高さは約七十五メートル、二代目は約百三メートル。総工費三億四千万円。軍に鉄材として献納されてから十三年の空白期間を経て、やっと新世界の心柱が戻った。

「ホンマに建つんか思ってたが、エライどでかいもんを造りよった」

「やっぱりこれがないと大阪はアカン」

戦前の夢よもう一度……と見に来る客で新世界も久々に賑わった。

一九六一年（昭和三十六年）、無名の浪曲歌手が歌った歌が巷に流れた。大阪の伝説の棋士、坂田三吉をモデルとした「王将」。作詞西條八十、作曲船村徹、村田英雄は同年レコード大賞特別賞をとり、二年連続紅白歌合戦で「王将」を歌った。このときが新生通天閣最大の輝きで、このあとは低迷の時代に入っていってしまう。

一九六一年八月のこと、大阪の西成区で一件の交通事故が起きた。タクシーに轢かれた日雇い労働者に対する西成警察の扱いを巡って激しい抗議の声が上がった。日常的に行政や警察への不満が溜まっていたところへ、この事故が火種となり、あいりん地区に住む労働者の一部が暴徒化し、警官隊と真っ向から衝突する事件に発展した。これが第一次西成（釜ヶ崎）暴動といわれるもので、六十年代は八回、七十年代は十三回、現在までに計二十四回も起きている。今池町の自宅前で警官隊と対峙するただならぬ群衆、男たちの怒号、火炎瓶、投石飛び交うさまを、雨戸の隙間から息を飲んで見ていたのが、幼き日の赤井英和だった。

一九六六年（昭和四十一年）の第五次暴動では動物園前駅のパチンコ大よしの窓ガラスが投石で割られたが、そこから暴徒が新世界のほうへと崩れ込んでくることはなかった。

この西成暴動が全国に、西成＝危険という間違ったイメージを発信することとなった。テレビのニュースに取り上げられる際には、どういうわけか、冒頭に通天閣の遠望がワンカット挟み込まれた。それを見て、新世界の食堂のおばちゃんが嘆いた。

「なんでやねん、なんで暴動のニュースのたんびたんびに通天閣映すんや!」

これが新世界は浪速区なのに西成であるかのような誤解を与え、コワイ街・新世界というイメージが定着してしまうのであった。男は喧嘩を吹っ掛けられてボコボコにされ、女はどこぞに叩き売られてしまうという噂が立てば、わざわざそんな怖い街に近寄る者はおらず、若いお客は姿を消し、呼び込んだのは閑古鳥ばかりだった。


昭和三十一年の再建の年、八十人を超えた通天閣観光の社員は、近くで労働者の暴動が起きたり、業績悪化が続いたりでどんどんやめていき、七十年代に入るとついに十人を切った。

『通天閣・人と街の物語』(新風書房)

時を同じくして映画産業は斜陽の時代を迎え、閉じた映画館はパチンコ屋に替わり、新世界は次第に家族で楽しめる街ではなくなっていった。一九七〇年の大阪万博に向けては全国から労働者が集まり、大阪全体はまだ景気が良かった。だが、閉幕したあとは揺り戻しのように不景気がやってきた。

ジャンジャン横丁は酒臭い労働者が行き交う通りとなり、動物園へ向かう家族連れはわざわざ遠回りした。温泉劇場は男性客目当てのストリップからポルノ映画館になり、併設された演芸の新花月では、おもろない漫才に毒づいたり、こくりこくりと居眠ったりするオッサンらが最前列にいた。Zゲームのおばはんの「青五番、青五番……」というしわがれた声が乾いた風が吹き抜ける道端に漂っていた。

だるまへ来るお客からは、こんなことを言われた。

「あんたの家は新世界の中か？」

「へえ、そうです」

「よう、こんなところで子ども育ててるなぁ。ここらで育って大きなったら、みんなヤクザになるしかあらへんやろ」

貴彦はだんまりを決め込んでいたが、かづゑは家へ帰って「ホンマに腹立つ！」と涙を浮かべながら悔しがった。

ひどいのになると、

「おたくの店は、どこの組がやらせてはりまんねん？」

とうとう代紋背負った百野一家にさせられてしまうのだった。

それはだるまだけではなかった。


――外から見たら「コワイ、キタナイ、信用ナイ……」これを打破したいと思い続けてきた。

――友だちに「コワイからよう行けへんわ」言われて、「来んでエエわ」。辛抱して続けてたらいつかはようなると思ってた。

ほかの串かつ店からも、そんな声があがった。

上山のだるまになってからも、新世界に対する偏見のようなものはまだ残っていた。

マスコミに出始めた頃、東京から取材に来たテレビクルーのディレクターは、カメラを壊されるから注意せよとでも聞いてきたのだろう、

「新世界を撮らせてもらうには、どなたに挨拶しといたらいいでしょう……」

と言うので、呆れて商店会の事務所を教えたこともあった。なにかとデンジャラスな街という誤解はついこないだまで生きていたのである。

さらに貴彦があれが嫌だったというのが、

「これ、なんの肉やねん」

という客の問いかけだった。

おそらく初代のお祖母ちゃん、ヨシヱの時代から、何度も何度も繰り返し言われてきたことだろう。

「なんの肉やねん?　犬ちゃうか」

昭和の初め頃の、庶民にはまだ肉に馴染みのない時代に言われたことが尾を引いて、いつまでも口から口へ伝播され、都市伝説のように生き残ってきたのでは、と想像できる。発端は流行っている店に対する同業者からの嫌がらせだったのかもしれない。

一九四六年(昭和二十一年)創業、創作系串かつの源流「知留久」創業者、松村喜蔵さんも

昭和の初め頃の串かつのことを記している。

店というようなものじゃなく、小学校の塀際によしず張って、夕方になると二かつ、三かつの赤提灯を挙げて商売始める。だから、そんなん食べよったら親父に「あんなもん赤犬の肉や、食うたらあかん」よう怒られた。
（『専門料理』特集串揚げ 昭和五十年九月号）

今ではバカバカしいと一笑に付す事柄かもしれぬが、昔は真実味があったのだろう。なんでそんなことを言われなければならないのか。串かつの衣が肉を覆い、隠し立てしているように思えるからか。サイズが小さい、値段が安いというのも疑念を抱かれる要因かもしれない。それなら同じ衣をもつビフカツならばどうなのか。ステーキや焼肉のように肉が剝き出しになっていたら言われなかったのだろうか。

いずれにせよ、そんなことを面と向かって尋ねて、誰が得をするというのであろう。それを聞けば、言われた職人も周りの客もいやな気持ちになる。愚劣な風説の流布、紛れもない誹謗中傷だった。

上山自身は客前に立って言われたことはなかったが、あそこは犬の肉を売ってるでみたいな話は、かつて町のそこらじゅうで流言飛語として耳にしたものだ。自分はたまたま言われなかったが、先代も先々代も面と向かって言われ、悲しい思いをしたというのは事実で、腹立たしくも悔しかった。

先代まではしなかったであろう説明をあえて加えておくと、初代は分からないが、二代目の頃から変わらず地元、新世界市場の精肉卸シバタから仕入れている。先代まで使っていたのはマクラと呼ぶ外モモの一部の赤身肉。大きな塊のまま仕入れてきて、一本一本のサイズに切り分けていくため、ものすごい手間であった。

上山の代になってからはトンビ（トウガラシ）と呼ばれる肩の一部分の肉にしたが、量が取れないので、軒数が増えてからはモモに戻している。今は食品衛生上、専門の食肉加工場で切り分け、串に刺した状態で納入してもらっている。これで出どころの変な牛肉でないことを分かってもらえるだろう。

一九八〇年（昭和五十五年）深夜ラジオ『鶴瓶・新野のぬかるみの世界』で笑福亭鶴瓶が「新世界いうたら大阪の雰囲気の残ってるとこやんか、行ったことない奴みんなで行ってみよや」と呼びかけたら、通天閣の下に若者が五千人も集まって、新世界の住人はびっくりさせられたということがあった。奇しくも鶴瓶は赤井、上山の高校の先輩である。

しかしこれでもまだ、新世界再発見につながったわけではなかった。平成に入って新世界は立て続けに映画の舞台になっていく。

平成元年（一九八九年）『どついたるねん』

平成三年（一九九一年）『王手』

平成八年（一九九六年）『ビリケン』

阪本順治監督の新世界三部作と呼ばれるもので、一、二作目は赤井が主演。特に『どついたるねん』は、ボクシングから芸能界入りして、素人同然だった赤井が阪本監督のシゴキに耐えた記念碑的作品でもあった。

平成八年にはNHK連続テレビ小説『ふたりっ子』の舞台が新世界や天下茶屋界隈となり、訪れる人もぽつぽつ増えてきた。翌年の「フェスティバルゲート」「スパワールド」の開業などによって、ようやく新世界は古い因襲から解き放たれ、新しい風が吹き始めた感じがあった。

苛められてきた長い年月を振り返り、「そやから今、こんなに若い人が大勢来てくれるのはうれしい……」と先代百野貴彦は目を細める。

それにしても、まぁ言われたもんである。

先代の頃にさんざん言われた「怖い街・新世界」

ずっと言われ続けた都市伝説「それってなんの肉?」

こんなふうに言われたことを忘れてはならない。こんな扱いを受けたことを絶対忘れてなるものか、と上山は思った。いわばこのゼロ地点から這い上がって闘いを挑んできたのが串かつなのだ。食べて旨けりゃそれでいい。でも、作り手は知っておくべきことやないやろか、と感じた。

串かつにとって逆風が吹き荒れた時代があり、その先の先に今がある。ツラい目に遭った過去を負の遺産とするならば、それを正の遺産に変えてやるのも自分に課せられた役目ではないのか。

上山は、通天閣のてっぺん眺めて誓うのだった。

「勝つよ、この勝負、絶対勝ったんねん……」串かつ……打ち勝つ!

「そうや、思いきりやったらええねん!」

どこからか、あのヨシヱの声が聞こえた気がした。

第六章　だるま　またまた七転八起

「……ナニ⁉　井戸が出たあ？」

Ｗｉ－Ｆｉが宙を舞い、ドローンが空を飛び交うこの時代に、まさか井戸が出てくるやなんて、さすがの上山もまったく想像していなかった。

場所は心斎橋筋と周防町通りの交差点のそば。古いビルを解体して、更地にする工事中のことだった。かつてヨーロッパ通りともいわれた洒落た街に似つかわしくない、古色蒼然とした井戸の出現に面食らうばかりで、どないしたらエエのかも分からず、

「そんなもん、そこらのガレキ放り込んで埋めてまえ！」

と言うたら、

「いやいや、無茶言うたらアカン……そういうわけにはいきまへんで」

と工事責任者にたしなめられた。

井戸が出てきたり墓石が出てきたりすると、工事はピタッと止まってしまうのである。作業員も何かあったら具合《ぐっ》が悪い……と気色悪がって手を出さなくなるのだ。

落ち着いて考えてみると、このところ、仕事の流れが良くなく、なんとなく壁のようなものが立ちはだかっているような気がして、お世辞にもうまくいっているとは言えなかった。

ひょっとしたら、この井戸が原因ではないのか……と胸がざわついた。

現場に行ってみると、床下から古井戸が露出し、井戸の円形のフタの四方には空・空・空と書いてあった。謎めいた呪文だが、井戸に宿る神様に「これはフタではありませんよ、空なんですよ……」という意味合いらしく、「ああさよか。空でつか」と、まんまと騙される神様な

どおらんと思うが、神道系の高校出身の上山としては、こんこんと清らかな水が湧き出る井戸を、神聖なものと信じた先人たちの気持ちは大いに分かる。それは尊重したい。埋めてまえ！の前言を撤回し、今宮戎神社から神主さんに来ていただき、お供えして祝詞をあげ、現場一同で拝礼し、井戸の魂抜きを行った。

井戸というものは合理的に考えても、湿気やガスを蒸発させて外へ逃がしてやる〝息抜き〟が必要なんだそうで、素人が適当に埋め戻してしまうというのは、転落事故の危険性もあり、のちに陥没したり家が傾いたりと地盤への悪影響を及ぼすこともあるらしかった。家相が傾くというのは、商売人としてなんとしても避けとかんと具合悪い。

埋める際には、井戸の底に生きている地下水の流れを邪魔してはあかんらしく、まず砕石や玉石を入れて、その上に砂利、砂と重ねていくようにし、地上からは雨水が入らないように土で固めるなど手順が決まっていた。

神事が滞りなく済むと、肩の荷がすっと降りて、途端に停滞していた仕事の流れも良くなった気がして工事も順調に進み、二〇一三年四月の心斎橋店開店へと漕ぎ着けたのだった。

ミナミはもういい、キタへ攻め上がるんやの一途だったが、天下の心斎橋筋にこれだけの物件が出る機会はそうあるもんではないと思うと、みすみす見送ることはできず、踏ん張って買った。

――買った言うても、即金で何億もジュラルミンケースに入った金を手抜けそうになりながら運んで、耳そろえて買ったいうわけやないで。銀行から借入するいうことやから。早い話ローンを組むようなもの。分かってる？　ほなええわ。

この心斎橋店は家族連れで来ても楽しめるように、初めて串かつの特急レーンやタッチパネルも導入してみた。ほかの串かつ屋ではあんまりやってへんやろ。心斎橋筋の人混みを考慮してガラス一枚隔ててるけど、だるま大臣は変わらぬ怒り顔でお客さんをお迎えしてましてん。


その一年後のことだった。

新世界の動物園に近い場所が空いたので、借りてもらえませんか……と、直接オーナーから話をいただいた。そのオーナーは戦後の新世界を支えてきた中心人物の一人で、映画『王手』（一九九一年・阪本順治監督）を撮影した際、若手の赤井もかわいがってもらったという縁があった。

かねがね地元とのお付き合いは大事にしたいと思っていた上山だったし、立地を見ると、分かりやすい角地。動物園帰りの家族連れも来やすい場所だと思い、申し出を受け、もう一軒、新世界の中で店を出すことにした。周囲には百席、二百席というメガ串かつ店が続々とできていたなか、動物園前店の百三席はそう大きくもなかったが、陣取り合戦としたら角は取っておきたい。アタック25か！　終わったちうねん！

そのためにジャンジャン店の奥の土地を買い入れ、二階をぶち抜きにしてセントラルキッチンにする計画を立てた。工事に入ったところへ、またもデジャブのように、ヤツが現れた……。

「ナニ!?　また、出たやとオ……！」

中に神さんがいてはったら申し訳ないが、薄気味の悪い二つ目の井戸が出てきた。

ジャンジャン店の真横は行き止まりの細い路地になっていて、かつては突き当たりに弓道場があり、酔客が矢を放ち、的に当てたらドンドンと太鼓が鳴り、景品の一つも貰えたのだろう。

その手前にあったのが鰻釣りだった。

「知りまへんか？　鰻釣り。あれは今里の夜店によう出てましてん。細い糸と針渡されるんで、まともにいくと簡単に食い千切られる。そやから鰻の習性をじっと観察しといて追い込んでいくと、鰻の奴パニックになりますねん。生け簀の隅を昇って逃げようとする瞬間にパッと引っかけたら、ボロッと地面に出よる。よっしゃ～！　オッサン、釣れた！言うて、その鰻もらいまんねん。持ち帰った鰻は、目打ちしてさばいて蒲焼にして、何回も晩めしのおかずになりましてん……」

と、上山の鰻釣りへかける熱は六行もかけて語るほどだったが、どうやら出現した井戸というのは、鰻釣り屋が商品である鰻を生かしておくためのものだったようだ。

上山は古井戸を覗き込んで、鼻を衝くような匂いのする真っ暗闇に向かって叫んだ。

「すんまへん！　なんで私ばっかり付いて回りまんねん。もう勘弁してくださいッ！」

げんなりした表情を浮かべる上山に、

「なんや、そんなことやったら任しといてください！」

と自信満々に言ってのけたのは二怒川社長だった。

二怒川建設は新世界のだるま各店舗を建てた地元の工務店で、今回のジャンジャン店の増築も任せようとしていた。

「そんなんワタイが塩と酒をちゃ〜んと撒いて、祝詞上げときますから」

「ええっ、あんた、祝詞上げられんの？」

「任してください会長、あんじょう、やっときまっさかい」

「そない言うてくれるんなら、やってもらおかなぁ……」

一つ目は心斎橋の坪二千万の土地から出てきた井戸、今度のはジャンジャン町の坪五十万から出てきた井戸。土地の価格で井戸の値打ちが変わるとは言わんけど、これだけの差があるのに、また同じ手順を踏んで、神主さんをお願いして祝詞を上げてというのにひどく疲労感を覚えた上山は、手近な二怒川で済むなら、それで勘弁してもらおか……と頼んでしまった。

上山は最初にこの男を紹介されたとき、しばらく鬼怒川さんと呼んでいて、あとで二怒川《にぬかわ》と知って驚いた。界隈ではそこそこ顔が利いたし小回りが利くので、これまで新世界での店舗建築を頼んできたが、一応店の恰好をしたものは建てられても、色気というものがなかった。店舗のファサードに工夫を凝らしたり、現代に通じるデザインができないので、今回は設計士を入れることにした。

こうなると、これまで自分のやりたいように現場を取り仕切っていた二怒川に対し、設計士から細かいチェックが入りだし、「かないまへんわ〜もう、やいやい、やいやい……」と、やりにくそうにしていた。

二怒川は、引き渡しの期日に二週間ほど遅れるのが常態化しており、それでこっちも振り回されていた。オープンのチラシや人の手配、仕込みの体制など、その都度、いったんバラしたプランを組み直さねばならなかった。

「今回は設計士も入れてることやし、二怒川さん、ちゃんと引き渡しの期日守ってや」

「会長、大船に乗ったつもりでおってください！」

ほんまかいな、と言うてた尻からこの井戸騒動。どんな大船やっちゅうねん。

しつこいぐらい「井戸のことはちゃんと頼んだで」、「オープンの期日は厳守やで」と言われ、設計士からは「言うたとおりできてないじゃないですか」などと厳しいツッコミがあり、二怒川は明らかに焦っていたのである。

ある日、書類を持って来て、

「会長、これ市役所に出さなあかん申請書ですねん。ハンコ捺《つ》いてください」

「なんや、これ」

「これ出さんかったら、建築許可が降りませんので」

そう言われると上山も「そら、エライこっちゃ……」と焦り気味に認印を捺いた。

あとでよくよく聞いたらば、ジャンジャン店の奥に建て増した分はどうやら建築基準法を満たしておらず、二怒川は役所から再三指導を受けていたにもかかわらず、上山に買いなはれと勧めた手前、工事も始まっていたので、今さら建たぬでは男が立たぬ……で、ない知恵をしぼって、書類一枚、筆先三寸でなんとか役所をケムに巻いて強行突破する策をとった。しかし、そんなものが通用する相手ではなく、当然のことながら行政のほうが一枚も二枚も上手であった。

まんまと化けの皮を剝がされて、とうとう建設局が乗り込んできた。

「大急ぎで来てください！」と呼ばれて上山が駆け付けたときには、イエローカードのような『工事停止』のステッカーがバコーン！と貼られていったあとだった。行政指導を無視して違反建築物を建てるのは悪質だと、工事差し止めを食らったのだ。

なんのことやら事態が飲み込めず、上山は二怒川を呼んだ。

「こら二怒川！　ニヌ！」

「人を煮抜きみたいに言わんといてください」

煮抜きとは煮抜き玉子、大阪弁でゆで玉子のことである。そういわれれば、つるんと禿げて頭のてっぺんから湯気をのぼらせている二怒川のドたまは、塩かけてかぶりついたらうまそうに見えた。

「平和なこと言うとけ！　それよりお前、どないしてくれるんぢゃ、オープン遅らすことはでけへんからな！」

「分かってます、分かってます！」

設計士からも追い込みを掛けられて追い詰められた二怒川は、とうとう工事停止が貼られているのに無視して中へ入り、突貫工事で完成させてしまったのだった。

「会長！　できました！　もういつでもオープンできまっせ！」

「ええっ！　お前、そんな手荒いことして、役所は大丈夫なんかいな」

「そんなもん、オープンしてもうたらこっちのもんでんがな。これはもう許されることになってますねん」

「ホンマかい」

「ホンマです！」

「よしッ！　ほな、オープンしてまえ！」

ワシもまだまだ若くてブイブイ言うてるときやから、それいけ！といってしもたんです……と後悔した上山。奥を広げて二階をセントラルキッチンにした新生ジャンジャン店が再オープンした。それをどこからか伝え聞いた行政は、

「な、なにィ……工事停止にしただるまが店開けたやとォ。役人ナメくさりよって」

と、こんなにには口汚くないだろうが怒り狂わんばかり。即座に上山に連絡が入った。

「おたく、ジャンジャン店の施主ですね。工事差し止めの命令を何考えて踏みにじって建てはったんか知らんけどね、このまま済むと思ったら大間違いですから」

「それ、なんの話ですのん？」

「今回のは極めて悪質ですので、直ちに検察庁に告発して、建築基準法第九十八条により、三年以下の懲役又は三百万円以下の罰金になりますので……」

「ちょちょ……ちょう待ってください。私、パクられまんの？」

「そういうことになります。違反指導行政に悪影響を及ぼすという判断です」

「行かせます！　すぐにウチの工事責任者を向かわせますんで、パクるのだけは、ちょっと

待ってください……」

二怒川は相当に絞られて帰って来たようだった。

だがこの男に反省とか懲りるとかの文字はないらしく、

「なぁに会長、見といてください。ワタイには強力な最終兵器がありまっさかい」

とニヤリとした。それを見た上山は嫌な予感しかしなかった。

数日後、二怒川に同行する形でジャンジャン店の二階を渋い顔つきで見上げる男たちがいた。

「あんた、停止命令無視て、そんな無茶したらあかんがなー。行政に逆ろうたあとで泣きついてこられても、どうにもできひんがな……」

「これはアカンでぇ。ただでさえなんちゃらオンブズマンいうて、議員活動うるさいときなんや。こんなややこしい話もち込まれても、そら無理やでぇ〜」

市会議員のセンセたちらしかったが、明らかに腰が引けていた。

都市計画局からは、

「上山さん、あんたと話できませんか。あのニヌ……」

「二怒川ですか」

「それ。その二怒川いう人とはもう話できませんわ。次から次といろんな市会議員引っ張ってきて、なんとかごまかそうとするばっかりですねんわ。こっちはね、反省促して改善してもらうのが目的やのに、まったく話になりませんがな」

「そうですか、分かりました。私が、まいります」

行ったらエライ剣幕や。施主が知らんはずはない、共謀してるはずやと決めつけて、「だいたいあんた、この書類にハンコ捺いてるやないか……」

「いやいや、今まで信用して頼んできた建築屋に、役所に提出せな許可が降りへんと言われたら、黙って判押しまっしゃろ。ウチらはただの串かつ屋でっせ……」

と反論したが、そらそうでんな……という相手ではない。役所としては振り上げた拳をそう簡単に下ろすわけにもいかず、「建て増しした部分の壁全部取っ払って、工事をやり直せ……」「いや、営業してしもてるんで無理や……」「そうでないと告発や……」そんなやりとりが延々続き、ついに上山は丸一年も役所に通う羽目になった。

当の二怒川は、役所の矛先が上山のほうに向いたと知るや、す〜っとフェードアウトしてしまっていた。

改修工事は行わず、その代わりジャンジャン店は一階だけで、二階は全面的に使用せぬこと。二階への階段も閉鎖するということで、落としどころが決まった。

動物園前店のセントラルキッチンを作る計画は、見事に頓挫。結局は店の前にある空き家一軒を買い取り、そこを二軒分の仕込み場とした。安くない損害だった。

しかし、それもこれも出てきた井戸をきちんとお祀りせず、手を抜いて他人まかせにしてしまった自分が甘かったのだ、と上山は悔いた。

今までは先行きが見えなくとも勢いで、「えーい、いてまえ！」でなんとかなったが、今後はそれではもう通用しない、世間に厳しい目を向けられる経営規模になっていたことを改めて思い知らされた。

「次なる目標は東京ですか」

あるとき、記者に聞かれた上山は、

「普通に東京行ったってオモロないやろ。串かついうたら大阪名物やで。それやったら海外ちゃう?」

と、うそぶいた。しかし、まんざらない話でもなかった。

国土交通省の平成二十三年の報告によると、日本の人口は二〇〇八年をピークに減少の歯止めがきかず、二〇五〇年には一億人を割り込むと予測されている。それだけやなくて二〇三〇年には三人に一人は六十五歳以上となることが予測され、税収が減る、労働力が減る、医療費だけが増える。すべての産業にとってマイナスという事態になる。

人口が減るということは、すなわち胃袋が減るということ。飲食業界にとっても大きな問題で、この先、だるまの若い社員たちを路頭に迷わすことにもなりかねん。一方、海外に目を向けたら、まだまだ人口が増えて勢いのある国がある。

二〇一三年「日本食(和食)」がユネスコの無形文化遺産に登録されてからは一層追い風が吹いていた。それを見て、オレの目の黒いうちに海外展開への布石を打っておこう……上山は決断した。まだ身体も動くし、ここは気合入れて一発勝負かけたろ!

経済発展めざましいアジア諸国に少なくとも一国一店舗ずつおき、アジアから太平洋を越えて米国に上陸、ニューヨークにも支店をもちたい……と、上山は新聞記者相手に大いにカマシたのであった。

最初に狙いを定めたのはタイだった。

赤井の同級生で長年バンコクで現地法人を営んでいた杉浦に、だるまを誘致したいと熱望され、こちらは海外展開の足掛かりになると踏み、合弁会社を立ち上げた。

場所はバンコク市トンロー地区スクンビットという街。このエリアは近年、バンコクの青山などといわれるらしく、コンドミニアムには日本人駐在員や現地の富裕層が住み、日本食レストランも集中していた。店舗は一、二階合わせて九六席の広さ、と勝負するには申し分ない。ロゴマークやデザイン、社員教育、食材は現地調達、粉やソースは日本から送るというビジネスモデルを作った。

言葉の問題について、だるま入社以前に香港で仕事をしており、英語も堪能な寺西を店長として送り込んだ。タイ人従業員にほぼ初めて見る串かつを理解させ、日本語での接客などのトレーニングに精を出した。「オオキニ〜」、「オヒヤ・イッチョ〜」、オーダーを通したときの返事に「ハイヨ〜」など、やる限りは徹底してベッタベタの大阪弁をレクチャーしたのだった。

オープンに合わせて現地へ勇躍乗り込んだ上山と赤井だったが、明後日オープンやというのに、まだ店に照明器具が付いていなかった。

「店長、大丈夫なんか、これ……」

「はあ、大丈夫やと言うてます」

――なんや頼んないこと言うてるがな……。

「工事が遅いだけやったら、まだいいんですが……」

聞けば、建築を請け負った工務店は、工事をしながら現場に住み着いているらしく、部屋の隅には生活の痕跡が見られた。これが文化の違いによるものなのか、この工務店が特殊なのか分からなかった。

杉浦によるとこの仕事が終わったら、また次の現場が始まるのでそっちに移り住む。そうして転々と住み替えるヤドカリみたいな建築屋も珍しくないという。ふむ、考えたらなかなか合理的ではあるな……感心してる場合か。

――職人の間をチョロチョロしてる子どもがおるなぁと思ったら、一家で住み着いてけつかんねん。二階の休憩室へ行ったら、おばあさんがシミーズ姿で団扇をパタパタしながら寝そべってたのにはびっくりした。

結局はオープンしたあとも工事は続行ということになった。そう、日本では考えられへんことが起きるのが海外出店なのや、ということも分かってきた。

代表に座った杉浦は、大阪のだるまを見ているので、出店したらすぐに行列になるものやと思っていただろうが、なかなかどうして、そうは問屋が卸さなかった。

串かつ専門店はなかったが、すでに串揚げを出している日本料理、居酒屋はたくさんあったし、東京圏から来ている駐在員はだるまの存在を知らず、長くいる駐在員は一層分からんということになり、イチのイチから名前を広めていくしかなかった。

オペレーションがまたひと苦労であった。

――現地従業員の半数は真面目によく働いてくれるけど、半数はサボろうとする傾向が見えた。お客さんがいないときなど、ビールの生樽の上に座ってるやつもおった。こういうのは生真面目な日本人にはでけへんことや。

ミャンマーから来ている出稼ぎ組もおって、彼らはタイ人より真面目で、とにかく熱心に働く。そりゃ生活かかってるから真剣、サボってたらクビ切られるからね。同僚であるタイ人からはちょっと格下に見られている。そやけど働くうえではタイもミャンマーも日本も関係おまへんがな。

国民性いうたらなんやけど、電気工事が間に合わないなんてざららしい。コックひねっても水が出てこないとか、約束の時間がほぼ起きる時間、朝は現場に入ってから朝めしを食う、平気で急に予定変更して、行ったら休んでけつかる、スマホいじりが半端ない……などタイ人あるあるで、まぁ日本の感覚とは大いに食い違う。おおらかというかなんというか、さすがはマイペンライ（問題ないさ）の国ですわ。これからのアジア戦略がちょっと心配になった。

串かつの価格は、現地の日本人に合わせて設定したので、一本三十五〜八十バーツ（約百円〜二百五十円）。現地のウエートレスの給料が月額二万円ほどなので、日本に換算すると、串かつ一本が千円感覚ということになり、さすがに庶民は手が出えへん。三十バーツあればタイのラーメンが食べられるからね。それでも二割ぐらいはタイの富裕層が来てくれたけど、問題はそこまでの価値を感じてもらえたかやね。

これまで当たり前に売れていたものが売れないというので、日本のスタッフも焦った。日本と違ってまず酒が出ない。日本ではフードが六・ドリンク四の比率だったが、タイ人は予想以上に飲まず、自然とオヒヤ・イッチョ〜が多くなった。

それでも日本から来たということで、ターゲットである日本の駐在員は安全で安心して食べられると思ってくれたようで、こうして徐々に浸透していくのを待つしかなかった。

日本での評判を聞いて、ぜひウチとライセンス契約を、という海外企業からのオファーも来た。フランチャイズ契約の場合、加盟店に対して契約後も継続して経営やらオペレーションを教えないといけないが、ライセンス契約ならば基本的には商標権の使用を認める契約なので、現地ではパートナーとなる企業が事業展開に当たる。上山は仕事量も会社としてのリスクも少なくて済むんやないかと考えた。

そこで、香港九龍に「だるまインターナショナル」という会社を立ち上げ、商標権や知的財産権の管理、国際的に出店を巡る法令を調査する専門分野をおいた。いわゆる弁理士的な仕事である。さすがの上山も国際的な権利やなんかで地雷踏んだらたまったものではない。しかしこれで足場は固まった、攻勢に乗り出す準備は整ったのだった。

韓国では、大阪でいうと洗練された梅田のような江南《カンナム》と、学生の多いアメリカ村みたいな弘大《ホンデ》の二カ所に同時オープン。パートナー企業の社員を日本に呼び寄せて、北新地店で約二カ月の研修をさせた。

国同士はいつの間にか仲たがいをするようになっていたが、国民同士は全然そんなことはなく、みんなフレンドリーで真面目、現場もやり易かったと言っていた。タイよりも国民性は日本に近く、みんな日本のTV番組を見ていたし、カタコトの日本語の会話ぐらいワケなくこなした。

弘大は特に日本食レストランが多いエリアで、だるまのキャラクター・だるま大臣ソックリのデカイ看板が上がっていたのには上山も驚いた。テレビ取材によると韓国人経営の居酒屋で、大阪へ来たとき、だるまの看板を見て思い付いたとのことだった。

日本で修業したオープニングスタッフが店を固め、上山も現地入りし、取材のカメラが入るなどして盛大な幕開けだったが、それほど長く行列が続くことはなかった。

一本千四百ウォン（約百五十円）は安いとはいえなかったが、揚げものはやっぱり屋台のものというイメージがあり、衣で隠されているけど、これって中身は何やの……なんかごまかされてない……?という疑いの目で見る人も少なくなかった。

それに酒を飲みながら串かつを摘まむという食習慣がなかなか浸透せず、どうしてもごはんとキムチとのセットメニューがよく出た。二度づけ禁止のルールも「なんで……?」となかなか理解されなかった。

しかしながら現地のことをよく知るパートナーの展開なので、こちらのやり方を一方的に押し付けるわけにはいかず、お互いの利益のためには譲歩も必要だったというのが偽らざるところ。「日本の味とは微妙に違う」と、大阪の味も体験したお客さんの声が寄せられると、痒いところに手が届かん、隔靴《かっか》搔痒《そうよう》という四文字熟語を思い出した。早い話、グニャグニャの孫の手で背中の痒い所を掻いているようなもどかしさがあった。

パートナー企業を信じないことには一歩も前へ進まないのだが、海外で生き残ってきた企業というのはタフで、実に海千山千である。なかにはきちんとライセンス契約を結ばず、本契約を引き延ばしておいて、情報や技術だけ盗み出してしまおうという相当ズル賢い連中もいる。そのためソースや粉は現地で製造せず、大阪から直送することにしていた。レシピが流出しないようにという配慮からだった。

けれどソースは毎日、新世界で製造している新鮮なもので、ああ見えてデリケートなのである。海外へは船で運ぶときに熟成が進んだり、熱で変質することもなくはなかった。急遽現地より連絡が入り、慌ててソースを両手に提げて飛行機に持ち込み、運んだこともあった。

日本ではインバウンドブームが始まり、大阪に来た観光客が本場の味を覚えて帰り、自分の国でもあの味が楽しめるようになればなぁというニーズが起こってきていた。

台北の場合がまさにそれだった。

海外でフランチャイズ事業を行う一部上場企業がオファーしてきて、台北から五人の従業員が来日、北新地店で約半年の研修をし、オープニングに際しての段取りを教え込んだ。場所は中山長安、大阪でいうと千日前の雰囲気がある街だった。

前乗りで現地入りした藪口・川端は意外な光景を目にした。店はまるで活気がない。募集したはずのアルバイトが集まっていなかったのだ。

「なんでやねん、明後日にはオープンするんやぞ！」

目を血走らせて藪口が声を荒らげた。

現地のアルバイトは揚がった串かつを見たことがなかった。見たことがなくてどないして売れと言うのや。全部揚げて味を覚えさせ、間違ってお客に出さないように当て合いをさせた。大阪での半年間の研修は何やったんや。責任の所在があいまいで、指揮系統も指導もぐずぐずにゆるく、すべてがなっていなかった。

だがボヤいてる暇はない。オペレーションもイチから練り直さねばならなかった。日本語のサービスを教え、藪口と川端が客役をして接客からバッシングまで、三々五々にしか集まって来ないアルバイト相手に、同じことを一日中繰り返した。

店に活気が出るように声を出して……と説明してもよく伝わらないので、川端は大阪へ連絡、営業中の店の様子を動画で送らせて見せた。これを見せると早かった……。通信技術の発達に深く感謝。遅くまで仕込み作業を教えて、オープンの日を迎えた。

その頃、台北は日本食がブームというのもあり、台湾には日本語を話せる人も多く、駐在員も多くて取材のカメラも入った。華々しいオープニングにたちまち長蛇の列ができ、二時間待ちになった。

こうなると店内はてんやわんやである。藪口は鍋前に張り付いたまま一日中、串を揚げ続けなければならず、川端はグダグダになったオペレーションのためにホールを駆けずり回らねばならなかった。一階が六席、地下に四十席というのも変則過ぎて、足腰にこたえた。

閉店してからは、翌日の仕込みを連日、夜中の二時三時まで。日本人二人フラフラになりながらも、ちょっと情けをかけて「もう帰っていいよ……」と従業員に言うたら、「いえいえ、私らのせいでご迷惑掛けて、残ります……」と言うてくれるかと思ったら、さっさと帰られたとボヤく川端。そううまく日本みたいにいくわけないわな。

もちろんこちらにも至らないところはあっただろうが、改めて感じさせられたのは思いが伝わらなかったということだった。お客さんにおいしいものを提供して喜んでもらおう。注文したのに品切れということのないようにしよう。この店をよくしよう……そういう気持ちの部分がまるで伝わってなかったんじゃないか。言葉の壁さえなければ伝わったのか。そうかもしれないが、それだけではないような気がした。

それでも連日人気は続いた。テコ入れするために川端は五回、日本と行き来したが、現場のオペレーションの綻びが目立ち始め、ＳＮＳに悪評が書かれた。三十分待ってもビールも出てこなかった……なのに店員は雑談をしていた……接客最低……行ってはいけない……と、悪事千里を走るではないが、悪口があっという間に広まった。

その時々で対症療法はしてもしょせんは付け焼き刃、安くない価格帯、接客の悪さ……そういうものがジワジワと売上に響いていったものと思う。

四カ国目となったのが、フィリピン・マニラだった。

大手総合商社からもち込まれた話で、マニラの実業家がライセンス契約を結び、事業展開したいという。場所はフォート・ボニファシオ・グローバルシティ（ＢＧＣ）というビジネスと高級住宅地のために大規模開発された街。そこのタギッグ地区という、治安のいい一画にできたモールの中だった。

例によって、社員が二名、二週間という短期間だが北新地店で修業していった。

費用がかかるからわざわざ日本から来てくれなくてもいい……見よう見真似でできるからとパートナーは主張。いやいや、パッと見はそうかもしらんけど、技術の裏にこだわりがあり、そこに思いが入ってなくては、いずれうまいこといかんようになりまっせと説明したが、ある一線以上は先方の意向に従わざるを得なかった。

マニラ国際空港へ降り立った上山一行を迎えに来てくれた現地企業の車に乗ると、白バイ三台が先導してくれ、信号は全部無視。逆走もオーケー。政府のＶＩＰ気分を味わえたが、つまりは金に物を言わすことができる国という側面を見せられた気分だった。あとで知ったが、警察官の小遣い稼ぎらしいからコワイ。

公用語は主に英語とタガログ語で、通訳はいたけれど、伝言ゲームをするなかでニュアンスが変わってきてしまうのは歯がゆい思いだった。仕事上のやりとりは英語を使うが、プライベートで会話するのはタガログ語のようだった。

「会長、タガログ語を一つ二つ、仕入れていきはったら……」との部下の進言を受けて、スマホで引っ張り出した言葉を一夜漬け、オープン前の朝礼で早速使ってみた。

経営陣、従業員がそろい、ちょっとした緊張感のなか、

「マガンダン・ウマーガ！（おはよう！）」

どろんとした従業員たちの目が輝いた。

中身の挨拶は英語で訳してもらったが、

「サラマット！（ありがとう！）」

と締めくくると、全員に笑みがこぼれた。

「マグシカップ・カ！（あなた、頑張ってね！）」

カ！で、ぐっとアゴを突き出して見せたら、全員波打つようにどよめいた。

やっぱり言葉っていうのは大事なもんやな、と改めて感じたのだった。

従業員は飲食経験者ばかりで、みんな明るいのがさすがにフィリピンと思わせた。暖かい国の人はシャキシャキ動く勤勉な働き手はおらんのやろな、と勝手な先入観をもっていたが、それを跳ね返すぐらいよく働いてくれた。——どうしても日本語でメニューの説明がでけへん子

もいたけどね。

串かつ一本三十九〜五十九ペソ。五十ペソもあればジョリジープという屋台でメシが食えるなか、一般市民には手が届かない価格やけど、現地の日本人には喜んでもらえた。

だるま方式は左に材料を並べ、左手でネタの串を油の鍋に入れて、右手の菜箸でさばくスタイルだが、フィリピンでは二槽式のフライヤーを使って、左利き右利きの揚げ手が二人立ち、左右で同時に揚げるというザ・ピーナッツ方式を導入しているのは効率が良く、頭良いなぁと感心した。

しかし次第に慣れて指導の目がゆるんでいくにつれて、やはりブレが生じてクオリティが下がっていき、日本のだるまとはだいぶ違ったものになっていった。

――フィリピンはなかなかややこしい国であるのも事実で、モールに入る直前に車が止められ、歯医者が歯の裏を覗くような柄のついたミラーで、車体の下に爆発物がないかチェックされたりするのも、あんまり気持ちのええもんやなかった。

警官からいったん、車から降りるように言われた。シェパードの鑑識犬らしいのが部下の森並をピタリとマークして、グルグル回り出した。

「お、お前、ケッタイなもん、持って来てへんやろな！」

「持って来てまっかいな！」

犬はウ〜と牙を剝き出して、今にも森並に噛み付きそうや。

森並はビビリながら、荷物を両手で抱えていた。

「お前、何抱いとんのや？」

「これですか、ヘット（牛脂）です！」

「なんで、そんなもん持って降りんねん！」

「たまたま膝の上に持ってまして……」

真っ青な顔で脂汗流してけつかる。

「わて、犬が大のニガテで……しっ、しっ！」

知らんがな。


どの国もハプニングの連続で、それぞれに問題を抱えながらもなんとか無事に、赤字を出すこともなく契約期間を満了、引き上げることにした。どのパートナーも成功を念頭におきながらも、店の運営を甘く見ていたといえるだろう。どこも管理や指導が十分ではなかった。一気呵成に畳みかけるように出店してしまった感はあるが、国民性や食文化の違いなども分かったうえで、その国その国に応じた方法を見つけるのが大事なんや、と上山は痛感した。

ウチの今の経営規模では海外展開は時期尚早……。結局現場には、だるまイズムともいえる「思い」をもった人がいないとダメだということが分かった。その中心に立つべき人を育てられずして、海外で人を育てることなどできない。

——やっぱり人の教育やねん。もう一度、地に足を着けて人を育てる……。

海外での闘いは、国内での人づくりの大切さを上山自身に教えてくれたのだった。

海外進出は大変。契約書のやりとりで弁護士立てて一年半もかかったし、苦労はするし、しんどいし、邪魔くさいことばっかり……という上山だがコリゴリかと思うと、違うようだ。

「でもね、海外っておもろいねん。知らんとこ行って、串かつを根づかせようという闘いは、国内では味わうことのでけへん開拓精神が掻き立てられるんや。フロンティアやねん。ワシね、くっそ〜言うて、闘ってる自分が大好きやねん……」

次チャンスがあったら……？

「そやね……また行くかもしれへんね……」上山は前歯をキラリとさせた。


二〇一五年、『爆買い』が流行語大賞となったほど、インバウンド需要が一挙に増えてゴッツイことになった。二〇一〇年までは団体客のみで、個人へのビザを認めていなかった中国人への発給規制が大幅に緩和されたというのがそのきっかけ。円安による日本旅行のお得感。格安航空会社（ＬＣＣ）の就航、メイドインジャパンに対する信頼感などの要因によって、個人旅行者が圧倒的に増えたのである。

大阪もまぁ、どえらい騒ぎになった。特にミナミは関空へ一本で行けるというのもあるし、道頓堀に掛かる日本橋（そう、あれが日本橋ですねん）に観光バスを止めて、一時的に自由行動にするもんやから、道頓堀や黒門市場は「ここはいったいどこやねん！」というほど、中国を筆頭とするアジアの旅行者で溢れ返っていた。

もう数年前から求人をかけてもなかなか日本人アルバイトは集まらなかったので、外国人従業員を雇い入れていた。バイト七百人のうち、外国人は二百人になっていた。ミナミは土地柄もあってほかより多く、道頓堀店だけで六十六名もいた。出身国は、ベトナム・インドネシア・ネパールが多く、こんなところにも国際化の波が押し寄せていて、多言語対応を実施する店になっていた。

「グエンさん！」と呼べば、同時に十人が返事をした。聞けば、ベトナム国民の四割がグエンという苗字やというではないか。ややこしや。ちなみにグエンティさんが五人もいた。日本の佐藤さん、鈴木さん真っ青である。

そんなある晩のこと、天王寺の路上を歩いていたベトナム人アルバイトのリュウさんは、天王寺署の警察官に職務質問された。

二〇一五年に生野区新今里でベトナム人同士のトラブルから殺傷事件に発展してしまった一件以来、ベトナム人はなにかとマークされていたようだった。

在留カードの提示を求められ、財布を見たらエライお金を持ってるやないか。たぶん二十万円ぐらいあった。

「留学生でしょ。えらい仰山お金入ってますやん。どないしましたん？」

「バイトデモラッタ、オ金デス」

「バイト、何してますのん？」

「クシカツヤデ、働イテイマス」

「串かつ？　給与明細ありますか……ああ、だるまさんですか。そやけどこれ、出勤日数多いんちゃうの？」

「アノネ……ソノ……オ昼ハ学校ガアリマス……ダカラ、夜ダケネ……」

「ちょっと詳しいこと聞きたいから、ちょっとそこの交番まで来てくれる？」

　これがまたまた目の前に立ちはだかった、次なる壁の始まりだった。

　留学生というのは語学や技術の勉強のために来日して滞在するというのが原則なので、働くことはできない。ところが留学生の多くは語学学校の学費や渡航費用を借金して来日しているから、少しでもたくさん働いて借金返済や生活の足しにもしたい。

　そこで法務省は例外として「資格外活動許可」というのを与えて、バイトは許すけど、週二十八時間だけの上限付き、それ以上は認めないとなっていた。

　突然、朝一番でガサ入れに来た警官七、八人は、女性事務員に命じて、出勤簿やら名簿をガサッと持って行った。留学生の就労状況を調べたところ、この法定上限を超えてバイトに入っていたというのがボロボロと出てきてしまった。

　長時間労働させたと言われると、外国人騙して、劣悪な労働条件下で強制労働させているように思われるかもしらんが、そうではなかった。

「オレがいつこの子らをコキ使ってきたか、聞いてくださいよ」

　時給は日本人も留学生も同じく九百～九百五十円はきちんと支払っていた。留学生は少しでも稼ぎたい、こちらは人手不足をなんとかしたいという利害が一致していたのだが、この二十八時間を超えて働かせたというのがいけなかった。

「労働時間のことはウチも改善しようとまさに取り組んでいるとこやった。ただ店の営業を停めるわけにいかへんから、試行錯誤してちょっとずつ減らそうと努力してたのに、頭ごなしに『できてないやないか！　告発するぞ』はないんやないですか。そんないっぺんに赤いポストを白うに塗り替えるようにはいきまへんやろ……」と上山は言った。

よくあるケースなのだが、留学先の日本語学校を除籍になっている何人かがいる。留学生という身分でないと、資格外活動許可は無効になってしまうため、学校を辞めた途端に働くのは違法ということになるのである。

だが、学校辞めた・辞めてへんは、本人の口から直接聞くしかないではないか。もし辞めていたらそのぶん、時間ができる。シフトを組むのに人がいなくて店長が頭を悩ませてるのを見て、「ワタシ、入レマスヨ！」と言われたら、「ホンマ、そら助かるわ。ほな入ってくれる？」と甘えて入れてしまう。

「自分、昼間入れるのんおかしいやん。学校はどないしたんや？」と問い詰めて、二十八時間の枠をきちんとカウントしなければならなかったのだが、現場レベルというのはとにかく回すことを第一に考えているから、そんな法的な縛りなど及びも付かなかったのだ。

でも、法令を犯してしまったのは我々で、落ち度があったのは明白だった。そこに弁解の余地はなかった。

さらに厄介なことには、留学生の偽造ビザを使っていたヤツまでいた。偽名まで使うのは悪質だが、こちらもそこまでは見抜けなかった。

検察と一門会で略式起訴で手打ちという見通しだったが、社会的に影響が大きい事案と判断され、大阪簡裁が公判を開くという異例の展開になった。「タテつくわけやないけど、これって見せしめ以外のなんでもないやないか」、と上山はこぼした。

裁判長は「違法状態と知りながら改善せず、利益を優先させた」と断罪した。

・就業資格がない不法就労で、留学生三名は逮捕
・就労制限時間を超えて働いたことで、留学生十四名は書類送検
・出入国管理法の不法就労助長罪で、雇用側の一門会と幹部社員六名が書類送検

一門会に罰金五十万円、藪口本部長に罰金三十万円、上山は起訴猶予処分となった。

「バイトが不足し、労働時間を短くすると店舗運営に支障が出ると思って、すぐには改善できなかった」

と藪口は言い、上山は、

「店舗運営の考えが甘かった。恥ずかしい思いで反省している」

と殊勝なことを法廷で述べた。

――今現在、外国人技能実習制度という研修制度がある。そこにはさまざまな日本の工業技

術や調理師は入ってるけど、飲食店のサービスまでは含まれていない。さまざまな現場で必要とされているのに、その枠組みがすごく狭かったんで、今研修の枠を再構しているはずです。もはやそれだけ人手不足は深刻なところまできている。それがすでに現場ではなんとかやりくりしていたのに、政府は付いていけてなかっただけやと思うんですよ。時々思い出したように不法就労の文字が新聞に載る。店主を捕まえるのも大事かもしれんが、根本の構造的な人手不足と海外からの就労問題の議論を急ぎ、答えを出す時やないやろか。

とにかく痛い目に遭うたんやから、再発防止策を作りました。

雇用時に身分や在留資格の確認を店長がして、出勤シフトは労働時間が法定基準二十八時間を超えると、警告が出るシステムを導入した。そして、留学生には三カ月に一回、在学証明書の提示を義務付けるようにした。

会社が自己防衛せなあかんという、ホンマにややこしい時代になってしもた。

事情を知らん客には、「ここや、外国人を安い給料で働かしてムチャクチャしとったとこは……」などと言われたけど、同業者はおおむね同情的で救われたけどね。

ほんま、しんどいわ……。徒労感に襲われた上山は深いため息をついた。すると、どこからかあの声が耳に届いた。

「しんどいなぁ。しんどなったらな、通天閣見上げてみいな。自分の心の声が聴こえてくるんや……」

ある夜更けのこと、飲んだ帰りに通天閣店の前を通っただるまの社員がいた。

「あれ……？」

見れば、暗い店先に、上山をモデルにしただるま大臣像が出っ放しではないか。

「誰やねん、仕舞い忘れよって……」

店のシャッターも半開きになったままであった。

「なんやねん、不用心やな……お〜い、誰かおるんか！」

電気を点けてみたが、中に人影はない。

「おかしいな……」

いったん仕舞ったあとにだるま大臣が引き出されたのならば、泥棒の仕業か。まさか……えっ、自分でシャッター開けて出て来ることはないわな……。

片付けようと大臣の身体に触ろうとすると、ブ〜ン……と電源が入ったような音がして、微かに震え出した。カタッ・カタカタカタ……妙な動きである。

「なんや、壊れてんのか……？」

後部のコンセントを見たが抜けている。つまり……勝手に、動いていた。

触ると「アツ！」というほど、熱をもっていた。

顔を見て、

「ひぃ〜〜ッ！」

と腰を抜かした。

真っ赤に紅潮した顔で、いつもより一層目をむき、アゴを突き出し威嚇しているようだった。まさに鬼の形相で、さらに大きくガタガタガタ……と小一時間も震え続けた。

翌日になると、平然としたいつものだるま大臣の顔に戻り、妙な振動もなく、元どおりの声で、「ソースの二度づけは禁止やで!」と作動した。

上山はこれを聞いて、その社員が酔うてたんやろと思っていたが、二、三日のうちに他店からも同様の報告が入った。一斉にだるま大臣が夜中に店外へ放り出されていたとしたら、誰かによる大掛かりな悪戯か、はたまたこいつを売り払おうとする悪質な窃盗団なのか。

人形の製造元の技術屋に調べてもらったが、誤作動の原因が皆目分からず、なんでそういう動きをするのか見当もつかなかった。

赤井にこのけったいな話をすると、

「このところ、うまいことといってへんのやないのか?」

「そらまぁ、そうですけど……」

「やっぱりな。だるま大臣はな、悪霊と戦ってくれてるんや」

とこともなげに言った。

「悪霊と対決しとるんですか……?」

「そや。こないだからお前、井戸やなんや言うてたやろ。あれや。お家の一大事とあって、一般人が寝静まったあとに、全店のだるま大臣が必死に念を送っとるんや」

「えらい、コワイ顔してたらしいでっせ」

「お前、知らんか。ラグビーのオールブラックスのハカいうのん」

「はあ、あの試合前にするヤツでしょ」

「そや。あれや。目向いて舌出してるやろ」

「たしかに……」

「あれと一緒やと思うねん。ワシなぁ、世界の辺境の地へ行ってきたから分かんねん。インドネシアやらポリネシアやら、みんな怖い顔した神さんがおる。それが日本に鬼として伝わって、屋根に上がって鬼瓦になっとんねん。だるま大臣はだるまの鬼瓦や。コワイ顔して悪霊退散のために踏ん張っとるんや」

「ほんまでっかいな……」

「お前、なんば本店ができた時に言うとったやないかい。上山人形を守り神にしますって」

ほんまや、言うた。間違いございません。

そやけど、そないにこの分身は主人のことを思って働いてくれるもんなのか。まるで忠実な子分か、安倍晴明の式神さんみたいなもんやないか……。

平安時代の陰陽師安倍晴明は十二体の式神という精霊を使い、天文を解して事変を予見したという。安倍晴明と一緒にすな、バチ当たりな。

「けど、どないして自力でシャッター開けて店の前へ出るんでしょうね」

「わからん……わからんけどな。黙って時間外労働してくれてるんや。感謝せなあかんでぇ。こっち、麦ロック！」

赤井はふと考えて言うた。

「全店舗のだるま大臣がやで……、一斉にダ～ッと一カ所に集まるようなことがあってみいや。そのときはやな、だるま一店の話やあれへんで。大阪の一大事や」

「先輩、そんな気色悪いこと言うの、やめてください」

「まぁまぁ、あくまで都市伝説っちう奴っちゃ、知らんけど……」

「出た、大阪のおばはんの常套句！」

「あ、イタタタタタ……」

「何ですのん、先輩」

「知らんのかいな、ワシ、もう腕が上がらへんようになって長いで……」

「ええっ、オレかて先月ぐらいから肩が痛みまんねん。これって悪霊の仕業かも」

「アホか、ただの五十肩やがな」

草木も眠る丑三つ時に、突然シャッターがガラリと開いて、各店のだるま大臣が出て来て、カタカタカタ……と夜中の街を移動して大阪城あたりに集まる。そこから猛烈な怒りのパワーを出す姿を上山は想像してみた。あほらしなってきたが、まんざらない話でもなさそうな気がした。

赤井先輩から始まっただるま人気。千客万来というけれど、それはもういろんな人に来てもらいました。

「だるまが繁盛したのはテレビのせいや」という人もいるでしょうけど、それには「そうです」としか言いようがありません。けど、それはあくまでもキッカケを与えてもらったに過ぎず、行って食べてみて期待外れならそこまで。リピーターになっていただくにはそれを裏切らない手腕ということになりますわ。味・接客・コストパフォーマンス。行列作って待たされたけど、考えたら値打ちあったなという顧客満足がないことには次はありません。この値打ちというものに殊更うるさいのが、我々大阪の人間やないでしょうか。

マスコミの取材についてはすでに三十年以上前、先代の時代から入り始めました。赤井先輩が贔屓の店ということで、それまでテレビカメラなどまず入らなかった新世界の串かつを取り上げました。「なんであそこばっかり混むねん……」という妬みからチンコロされたんでしょう、ある日、税務署が乗り込んできて、ゴミ箱ひっくり返して串の数を勘定して帰ったことがあったと聞きました。

赤井先輩がやっていた『なにわ友あれ赤井英和』（毎日放送一九九四〜一九九九年）では同じ浪高ボクシング部の後輩で芸人の和泉 修と関西一円を歩き回る番組で、心やすいだるまは番組内で待ち合わせに使われたりしていました。これには私、上山もちょこちょこ呼ばれて出ました。修が急病で休んだ時には、天六のストリップの名門、東洋ショーの楽屋訪問なぞさせてもらい役得でした。

その次にやった『ごきげん！ブランニュ』（朝日放送二〇〇一〜二〇一六年）はちょうど、私に代替わりしたタイミングだったので、使い勝手がいいのもあり何度も出させてもらいました。赤井先輩の相方がトミーズ雅さんで、二人は学校は違えど同級生、その後、ボクサーになってからもスパーリングで対戦したことがある関係。お互いに芸能界に入り、やっと再会し二人で番組をもつことになったという、極めてレアな因縁のある番組でした。レギュラーの雅さん、太平サブローさん、メッセンジャー黒田・あいはら、月亭八光……このあたりが最初に来てくれたお客さんで、それからさまざまな芸能関係者も来るようになりました。ビートたけしさんもこの番組のために来阪、一緒にだるまに寄ってくれはりました。

赤井先輩は大阪で芝居があるたびに共演者を連れて来てくれて宴会してもらい、またその人たちが首都圏で口コミで広げてくださるといった具合でした。

テレビ取材も月に数本入るようになっていました。試しに二〇〇九年に入った一部を列挙すると……

五月十二日　『ごきげん！ブランニュ』（朝日放送）
五月十三日　『水野真紀の魔法のレストラン』（毎日放送）
六月二十三日　『おはよう朝日です』（朝日放送）
九月一日　『火曜サプライズ』（日本テレビ）
九月十二日　『S－1バトル王者　怒り人を笑わせろSP』（日本テレビ）
九月十二日　『どれだけ食えスト』（日本テレビ）
九月二十九日　『ミュージックエッジ』（毎日放送）

こんな調子で、続く時は毎週のように続くもんです。

店取材の際は、開店前にロケに来てもらい、ディレクターに言われるまま串を揚げればいいという話ですが、出演者との受け答えも頼まれることがあります。私の場合、知らない人と話するのが苦にならんというか、得意なほうやと言えます。

取材を千載一遇の売り込みのチャンスや思って、アレも撮ってコレも撮ってと欲を出さんことやと思います。宣伝臭いとスタッフに嫌われるのがオチですねん。

いつものルーティンの仕事と違う面白みをそこに見出して、楽しむことが大事なんやないですかね。どうせなら嫌々時間を割くのではなく、番組の作り手の気持ちになって協力することやと思うんです。テレビのスタッフも、少しでも串かつをおいしそうに撮ろうと頑張ってくれてるはずなので。

どうしたら、そんなに取材に来てもらえるようになるのと聞かれても分かりません。ただ取材に来られた方の期待を裏切って落胆させないようにはしてきたつもりです。

この取材で、相手がどういう風に喋ってほしいと思っているのか、ここでどんな旬な話を求めているのかをいち早く察知して出したいとは思ってます。この部分はもって生まれたセンスの問題なので分からない人には多分永遠に分かりません。マスコミの仕組みも何も最初はまったく分からんもんでしたしね。

僕の場合、赤井先輩がいて、その周りにフリートークの達者な人やシャベリのプロがいたというのが大きいでしょうが、取材も数を重ねるうちに、だんだんと対応の仕方を学んでいったという感じです。

ドラマもありました。『特命係長　只野仁』では高橋克典さん演じる只野仁に、「串かつの二度づけはアカンで！」と怒る串かつ屋のオッサン役、そのまんまやがな。

『嵐にしやがれ』では、宮根誠司さんがロケの極意を嵐のメンバーに直伝するという企画で、スタジオ内にだるまのセットを再現。東京へ串かつを揚げに行きました。

ほかにも、Kポップのビッグバン、世界のティーンのアイドル、ジャスティン・ビーバー、韓流スター、チャン・グンソクも来店。今だに「グンちゃん席はどこですか？　同じもの出してください！」という熱烈女性ファンが来るのがスゴイですわ。

料理に詳しい人なら、フェラン・アドリアが来たということは事件でしょう。分子ガストロノミーという科学的調理法を使う独創的料理で、スペインの自分のレストラン「エルブジ」をミシュラン三ツ星獲得、世界一予約が取れないレストランにした人物です。一年の半年を営業、半年休業にしてメニュー開発に充てるそうで、この時は日本各地を旅していました。一口食べては仲間とあれこれ言葉を交わし、二度づけソースにも反応していました。忙し過ぎて二〇一一年に閉店。帰国後、串かつにインスピレーションを得た料理がメニューに加わっていたそうで、エルブジ風串かついうのは、食ってみたかった。

政界では二〇〇八年、国会議員の小沢一郎さんが民主党党首に再選された日に来店。政権交代するならこの人という期待も大きく、報道機関をいっぱい連れてそれは輝いておりました。どてやきをお替わりしてはったのが目に焼き付いています。

宮根さんは『Mr・サンデー』で、ウルグアイのホセ・ムヒカ元大統領をだるまに案内してくれたこともありました。知ってはるでしょうか〝世界一貧しい大統領〟といわれた人物です。給料の多くを寄付して、公邸ではなく質素な家に住んで、畑を耕し、くたびれたワーゲンを愛用しているような方でした。

「日本はすごい進歩を遂げた国だ。だけど本当に日本人が幸せなのかは疑問なんだ。西洋の悪い所を真似て、日本の本質を忘れてしまったんだ。日本文化の根源をね」と、そんなことを話していた記憶があります。

ある時、何度か取材でお世話になっていた新聞社から電話が入った。

「近く安倍総理（当時）が大阪に来られるんですが、お昼は大阪らしいところでということなんで、だるまさん、推薦させていただいていいですかね」

候補の一つに挙げてもらえるのかと思って、

「それはどうも、よろしくお願いします」

と返したら、ほどなく内閣府から電話があり、ホンマに来はるということになった。

名目は「消費税増税後の地方経済の状況・課題を確認」だそうで、昼メシに串かつ食うだけでいろいろ理由付けせなアカンというのが大変やなぁ、と上山は思った。

それからは、なにかと慌ただしかった。

「警備の打ち合わせにうかがいたい……」と言われ、現場の川端店長に任せてたら、先方は二十人も来て、名刺交換だけでもひと苦労となり、警視庁・大阪府警・浪速警察署……それぞれ役職のある人たちで、店長はイヤな汗が出たという。

さすがにセキュリティには厳しく、当日シフトに入っている従業員の名前・連絡先を全部書かされて、それ以外の人間は店内に入れるな、と厳命された。

行政から連絡の入った新世界町会は蜂の巣をつついたような騒ぎとなった。これまでいろいろな人気者はやって来たが今度は一国の総理である。店はその間、貸し切りにして、客席には新世界の町会、道頓堀商店会の主だったメンバーに座ってもらうことにした。


二〇一四年四月十八日、当日。

朝から通天閣界隈は目つきの鋭い男たちがくまなく見回っていた。

その頃、もう一人、そわそわと落ち着かない男がいた。

何を思ったか赤井は、紋付き袴を身につけ、新婦の父親みたいな恰好でホテルのロビーをウロウロしていた。

「先輩、車準備できました」

「そうか。ほな、行こか」

「押忍ッ！」

迎えに来た後輩は応援団のＯＢで、鯖色のスーツを着た短髪、色眼鏡の、善良な一市民なのだが、一見ややこしく見え過ぎる男だった。車を飛ばしながら、

「すごいことになりましたね先輩、だるまに総理大臣が来るやなんて……」

「ほんまやなぁ。エライとこまで行ったなぁ～」

いつもの調子で勝手知ったる道を曲がろうとすると、

「ピ・ピピピピピ……」

警笛鳴らし、警官が束になってダ～ッと飛んできた。

「停まれ！　こっちは今、通行規制で入れません！　なんの用ですか！」

「なんの用て、だるまへ行くんやがな」

「ああ、ダメダメ……」

後輩の顔をしげしげと見た警官は、無線で、

「照会お願いします……白のセルシオ……堺……」

とやり出した。これは時間が取られそうや。

「ほな、オレ歩いて行くわ。お前、後から来いや」

「分かりました」

「免許証見せて。身体検査させてもらうよ……」

「お前、ひとを見た目で判断すなッ！」

揉めているのを放《ほ》ったらかして、赤井は歩いて通天閣店へと向かった。

店の中に刃物は絶対に置いておかないように、と言われていたので、店長が庖丁を全部回収

して二階へと運んだ。

店内にはＳＰが入れるだけ入り、店のぐるりは尋常ではない数の警官が取り囲み、その外側に近所の人や観光客が集まっていた。報道各社のカメラもズラリと待機し、首相の車の到着を待っていた。

赤井が歩いている横を、しゅ〜っと黒塗りの車列が通り抜けて行った。

通天閣店の横で停まり、ドアが開いた。一斉にフラッシュがたかれるなか、出てきたのは安倍首相。軽く手を挙げて店内へと入って行った。

それ見て、赤井は焦った。

「しもた、出遅れた……！」

走って店へ入ろうとすると、屈強なＳＰが二人立ちはだかった。

「中へは入れません」

「ちょっと待ってくれや、オレ赤井や、赤井英和やがな」

「赤井さん……？」

前もって提出された名簿を見て、

「名簿に名前がありませんね。申し訳ありませんが、入っていただく訳にはいきません！」

「黙っておどかしたろ思たんや……ちょう、電話するわ……」

上山は案の定、携帯をオフにしていた。

「くそッ、出よれへん。ええわい、もう！」

赤井は、新世界史に残る今日の一部始終を見届けたいだけなのだった。

間近から見られないとあっては、向かいのビルの屋上から見下ろすことにした。それなら絶好のアングルや。非常階段を駆け上って屋上に一歩踏み出したとこで、両側から顔に銃を突き付けられた。

「どちらさんですか！」

「あ、あ、あ、赤井です……」

「赤井て……え？　あの、赤井さん？」

「そうです……」

銃をやっと外して言うた。

「ここへ何しに来たんですか？」

「中へ入られへんので、ここから見たろか思って……」

「ここは特別警護班が張ってますので、降りてください」

「降ります、降ります、降ろしてもらいますッ！」

まさか、ここにスナイパーが銃を構えているとは……ちびった小便をごまかしながら急いでビルを降りて、群衆の後方へと回った。

新世界の住人らしき老人たちが見物に集まっていた。

久々にタンスの奥から引っ張り出してきた背広や礼服に身を包み、紋付き袴もいれば燕尾服やフロックコートもいた。ナフタリンや線香の匂いをぷんぷんさせて、皆一様に興奮気味だった。

「新世界が産声を上げて百年余り、まさか総理大臣が来るような日が来るとはなぁ」

「ほんまでんなぁ、長生きはするもんや」

ハンカチで目頭を押さえて喜んでいた。

「しかも、総理大臣が串かつを食べはる日が来るとはなぁ！」

「さいな。時代は変わったなあ！」

「赤井さん！」と声を掛けられた。

「おお、ご無沙汰してます。大将、お元気で……？」

「おおきに、どうにかやってます」

先代の百野さんも背広姿である。

「うちの年寄り連中が生きとったら、どれだけ喜んだか思ったらね……もう、いても立っても
おられへんようになって、朝一番で……」

「そうでしたか」

年寄は声がデカイ。

「良かったな！」

「そや、良かった良かった！」

「めでたいな！」

「めでたいめでたい！」

「昔やったらこれ、万歳しとるやろ」

「そや。そら、万歳せなアカン！」

赤井もまったくの同感やった。

「ほな一緒にやりまひょ！　行きまっせぇ、バンザーイ！」

「そこの人！　静かに！　警護の妨げになるので静粛にお願いします！」

即座に止められた。

万歳もでけへんのかい。


店内の従業員は作業の手を止め、定位置から動けなかった。息が詰まるような緊張感のなか、店長が揚げた串かつが出された。

首相が串を取り上げた瞬間、ふいに上山が口を開いた。

「総理……総理……お願いがあります……」

「はい」

この男、何を言い出すのかと、お付きの官僚や議員、報道陣全員が凍り付いた。

「……ソースの二度づけは……禁止になってます！」

「分かりました……」

張り詰めた空気が一瞬で緩んで、店内は波打つように全員の顔が笑顔になった。

その会話はたちまちニュースになり、ＹｏｕＴｕｂｅにのり、全国に配信された。

上山は、串かつ屋のオヤジになってから、こんな誇らしい気持ちになったことはなかった。

ふっと店の外へと目を転じた。

「あ、先輩や……」

群衆の後ろで黙って万歳する一群がいて、紋付き袴姿の赤井先輩がいた。

隣にいるのは先代のおやっさん。

先輩の反対側に立って、静かにこっちを見ている二人がいた。

二人は何ともうれしそうに大きく頷いていた。

一瞬、目をそらし、再び見た時にはもう見えなくなってしまったが、あれは間違いなく、初代のヨシヱと二代目の正雄だった。

横にいた先輩は気づいてたやろか。

赤井は、五十肩の両腕を空へと高く挙げ、半泣きで万歳を繰り返していた。

第七章　だるま　まるまる八面六臂

ここからはしばらく私の仕事の仕方について、何をどんなふうに考えて会社を引っ張ってきたんやということを、語っていきたいと思います。

うちみたいな串かつ屋でも大きくなると、人が増えてきます。何よりも大切なのは人材をつくるということ。つまり教育が大事なんだということが分かってきました。最初は私が講師となり、連日勉強会を行ってきましたが、そのうち、教える人間……つまりは教育者を教育する必要が出てきました。そこへ向かって私自身のモノの考え方を教え込んできたという訳です。自分の分身を何人つくれるかが勝負やからね。そうして、繰り返し勉強会の機会をつくってきました。

生意気なことを申しますと、なかなかここまで徹底して組織づくりしている串かつ屋のオッサンいうのは、まぁ、そうはおらんと思いますよ。

だるまの成長戦略の一つに、「面白いと思うことは実行する」があります。

「これホンマにできたら面白いやろなぁ」ということは、おそらく誰でも生きてきて二度や三度は思い付くはずや。けれどその発想を実際に形にするためには、周りを説得せなあかんし、時間も労力もかかり、ひいてはお金もかかる話ですわ。多くの場合は、それだけやり遂げるエネルギーが自分にはあるかと自問して、「やっぱりやめとこか……」と尻込みして終わってしまいますねん。

私はそのノリを重視してきました。「オモロイやん！」と思ったものは迷わず実行するようにしてきました。サントリーの創業者鳥居信治郎さんの「やってみなはれ」ではないけれど、

「やらな分からんやん……」ですわ。すぐに他人には理解されなくて、なんでわざわざそんなことするんやと言われても、あえて面白がってやってきたんですな。

難波本店オープン時にさかのぼりますが、私をモデルにした人形を赤井先輩が贈ってくれました。これにはエライ感激して、その感謝してもし切れない気持ちをどう伝えようかと考えて、「この人形を等身大にして、店頭に置いたら面白がってもらえるんやないか」と閃いたというわけです。

早速先輩と飲む機会に伝えたら、「ほお、オモロイな！」と案の定のってきはった。

そやけどただ黙って門番みたいに突っ立っててもしゃあないんちゃうか……と言われ、

「十分に一回ぐらい、上山のアゴが前へグワ～ッて出るのはどうや？」

「ほな、それと一緒に、目もビュ～ンて飛び出すのはどうですかね」

「ええのお～」

何がええんだか。私にとっては自分の顔やけど、そんなん関係なし。

「黙っててもおもろないから、なんか上山の声で言わすいうのはどうや……」

「なんて言わせたら、オモロイですかね」

「ウワッ！言うて、びびらすだけいうのはどや？」

「通行人、腰ぬかしますわ（笑）。こんなんどうです。ソースの二度づけはアカンで！」

「おお、ええな。いきなり怒るんやな」

ノリ一発で、こういう話だけはとんとん拍子に決まっていきます。

結局、上山の声を再生する形で
「ソースの二度づけは禁止やで！」

と怒鳴ることに落ち着きました。

しかし、こんな人形をカタチにしてくれるところなんかあるのか。あるんです。

あっちこっち調べ回ってようやくメーカーにたどり着いたが、十分に一回、目とアゴが出るというのがなかなかナンギで、一体、百二十五万円かかることに。

「かまへん、感謝の気持ちをカタチにするんや。いっとかんかい！」

よくもまぁ、こんなもん作ったなあと呆れられることもあったけど、これがまた大いにだるまをプラスに導いてくれることとなりました。

しかしあとから考えると、大阪人の発想のどこかにこういうものがありますな。思えば、がんこ寿司の社長も、カメラのナニワも、ジャパンのおっさんも、みんな自分の顔を店頭にデカデカと晒していた。東京ではたぶんみっともないと言うてせんでしょう。大阪商人独特の、自分＝看板というアピール商法ではないでしょうか。

単に目立ちたいとか、そういうことやないんです。大阪人気質のなかにあるびっくりさせたろう精神がこうさせるのではないか。楽しんでもろてなんぼ、笑ろてもろてなんぼ……という一種のサービス精神からではないかと自己分析したりします。

通常、飲食店の人形はにこやかにお客さんを招き入れるのが普通なのに、上山人形は明らかに怒り顔で、見方によればお客さんを威嚇していました。そこを大いに面白がった赤井先輩はこの人形を「だるま大臣」と命名してくれました。

さて道頓堀のフードテーマパークに出した三店目でしたが、終焉を待たずに出て、道頓堀界隈で物件を探していたら、ミナミの大先輩から声が掛かり、

「会長、物件探してるんやったら、道頓堀の浜側に空きビルがあるから借りたらええのに。なんやったら口きいてあげるで」

と言うてくれはった。欲得なしにそうした声を掛けて来てくれる人があるというのは有難い話です。こんな世知辛い世の中やけど、一生懸命仕事してる姿をどっかで見てる人が世話を焼いてくれはる。まだミナミの街には情があるということを知ったんです。

見に行ってみると、千日前通りを抜けたところ。御堂筋と堺筋のほぼ真ん中でロケーションは申し分ありませんでした。太左衛門橋から西へと二軒目。えらく古めかしい橋の名前は江戸寛永年間、道頓堀で芝居小屋を始めた京の興行師、大坂太左衛門にちなんでいる。芝居の見物客や、島之内に住んだ多くの芝居関係者が小屋通いに使った橋や。物件のある道頓堀浜側はかつては〝いろは茶屋〟と呼ばれた四十八軒の芝居茶屋が軒を連ねた場所ですねん。

道頓堀はご存じのように長くエンターテインメントの街であった。日本のブロードウェイという人もいるが、そうやないですな、向こうが米国の道頓堀なんです。悪いがこっちには浄瑠璃と歌舞伎が人気を競い合った四百年の歴史があります。旧住所が「櫓町《やぐら》」であったように五座が官許を表す櫓を立てて競い合った。賑やかにふれ太鼓が鳴れば、芝居茶屋へ上がった客はお茶子に案内されて向かいの小屋へと向かい、半日がかりで芝居見物を楽しんだんやそうです。

世の中のんびりしてましたな。
私の気持ちは決まりました。大阪一の場所で勝負かけたろ……！

二〇〇八年十月。新たに道頓堀に店を出したことが、ターニングポイントとなり、だるまの未来の運命を動かすことになります。

もはや芝居小屋と胸張れるのは大阪松竹座だけになってしまった今も、役者の大看板で見物衆を誘った街の歴史のなかにDNAは生き続けております。派手な看板、ごちゃごちゃっとした活力は道頓堀ならではやないですか。

やるからにはオレんとこも周りに負けてられへん。派手な看板を挙げてやろうと思い、ど－んと五メートルのだるま大臣の顔を掲げました。迫力のある顔で天空に睨みを利かしていた。

何を怒ってるのかと訊かれると、「あれはソース二度づけ禁止の注意喚起をしてますねん……」と答えてました。

「道頓堀にはカニやらフグやら龍やらと、いろんな巨大看板はあるけど、生きてる人間いうのは上山だけでっせ！」と赤井先輩にはテレビでケッタイな褒め方してもらいました。

ぼちぼち道頓堀にアジアの観光客が増え始めていた頃でもあり、開店以来行列が絶えないほどで、たちまちだるま全店中、ダントツの売上一位となりました。

その時代、ちょうどSNSが世の中に広まってきた頃で、若い女性客同士がだるま大臣の横で同じポーズをして写真を撮り、個人ブログやフェイスブックに載せ始めました。面白がって作った人形が、こうしてひとの目に触れるようになり、またとない広告宣伝効果を担ってくれるのでした。

この法則を事前に分かって仕掛けているならば、とっくにマーケティングのプロとして教壇にでも立っているでしょうが、ここらが説明のつかない、私のもって生まれた「運」としかいえないものやと思うんです。

もう一つの成長戦略が「損して得とれ」ということです。

急に船場のあきんどみたいなことを言い出しよったように思うでしょうが、出店計画においては、不動産物件をいかに手に入れるかが勝負どころ。何度もそういう場を踏んで実感した交渉術が、この「損して得とれ」という言葉ですねん。昔の大阪商人っていうのは偉かったなあと思います。

言うのは簡単やけど、ほんまに人間、目の前に損と得がぶら下がってるとしたら、まあ「損」を選ぶのは難しい。なぜなら自分が有利になるように交渉の場に臨んでいる訳やから。損すると分かってたら、最初から交渉なんてしませんわな。

ところが、あえて状況を飲み込んだうえでこちらが損を選択する。勝ち負けでいうと負けるということや。連戦連勝でいきたいのが経営者いうもんですけど、そこをぐっと抑えてあえて負けるというのはツライことでもあります。

こちらが負けるということは、関係性においてこちらが下になり、相手を上にするということとです。そうすると相手は気分が良くなって悪い気はしませんわ。こちらのことを「エエ人やないか……」と思ってもらえるようになる。そうすると信頼度が増し、そこに人間関係が生まれます。一朝一夕にはいかないまでも、こちらのことを気にしてくれ、かわいがってくれるようになるんです。それがつまり「得」。時間はかかっても巡り巡って自分に返ってくるという訳なんです。

こんなことがありました。ある物件を購入した際に、そこにくっ付いて古い居酒屋とコインランドリーがあった。適正な立退き料を支払えば問題はなかったけど、こちらが下になり、評価価格以上のお金を支払い、納得して出ていただいた。一時的な出費は損であったが、そのぶん、ビルにする工事は滞りなく進み、すばやく営業することができて、結果、得に変わった。こういう思い切りができるかどうかが、商売人として成功するか失敗するかの分かれ目なんやないかと思います。だるまは「損して得とれ」で突っ走ってきたという訳です。

あえて損をするのは難しい。火中の栗を拾うようなことをするのは、意外に根性のいることや。そこで大事になってくるのが謙虚さをもっているかどうかということ。

「謙虚」とは何やろか。常に感謝の気持ちを忘れないこと。人の意見を素直な気持ちでしっかり聞くこと。自分の非は素直に認めて謝罪すること。自分のことは後回しで他人を優先すること……。

自然な気持ちで行えるのが謙虚。意図的に自分を低く見せるのが謙遜。この二つは似て非なるもので、ともすれば鼻につくことがあるのが謙遜というもの。心掛けることで身に染み付いて、自然とにじみ出るものが謙虚ではないかと思います。

謙虚な人は好かれる、信用される、そして組織の中で地位を上げていく。

会社のトップにとっても謙虚という心のありようは大事なことで、どうしたって開拓精神に溢れた経営者は、オレがオレが……になってしまいがちです。慢心しない、傲慢にならない、は常々自分自身にも言い聞かせてます。私が社員のために設けた一門会・社訓十カ条にも「謙虚な気持ちを忘れない人になれ」は忘れず書いています。


二〇〇八年九月、えらいことが起きました。米国の投資銀行リーマンブラザーズが破綻。米国の金融界は大混乱に陥り、米国経済に依存していた日本の大手企業の株価も下落。急激な景気後退が始まりました。

倒産・リストラの嵐のなか、どうにも元気のない四十・五十代を歌で応援できないかという企画がもち上がり、新世界の歌手小田切ハルミを通じて友達になった西成のラッパーSHINGO☆西成と、赤井・上山ら五人によるコラボユニットが出来上がった。

曲目はSHINGOのオリジナルラップナンバー「串かつ（二度付け禁止）」。

これもまた面白いと思ったものは実行する……の私の経営哲学に沿ったもので、赤井先輩以下、中年たちがにわかラッパーに変身しました。初めて経験するレコーディングも、黒キャップにサングラス、ストリートファッションで、新世界でのPV撮影も体験することとなった。さすがに赤井先輩の成り切り方は見事な化けようでした。

七月、通天閣で記者発表。八月、マキシシングル発売。西成三角公園の釜ヶ崎夏祭り、NHK大阪ホールの音楽番組のステージでも暴れてきた。ラップという音楽で鋭いメッセージを伝えるというスタイルは大いに感じるところがありました。間違いなく元気の出る良い歌には違いなかったが、さすがにヒットをかっ飛ばす運はもっておらず、私は商売とは勝手が違うわい……と思うしかありませんでした。

だるまに関していうと、まったくといっていいほどリーマンショックの影響はありませんでした。このあたりが大衆路線の強みなのか、高級店は軒並み青息吐息でした。

私は表から見るとイケイケのおっさんで、血気盛んに業務拡大に走ってました。次から次へ、出店計画は留まることなく粛々と進めていた。自身には自己暗示のように、

「俺はヒクソン・グレイシーや。四百戦四百勝でないとアカンのや！」

と言い聞かせていたのでした。

外から見ていると「アホンダラ！　根性出せ！　いてまえ〜！」というタイプなので、額面どおり受け取られてしまうけど、経営者いうのはそれだけでやっていけるものではなく、もちろん慎重な部分も持ち合わせていました。基本的な経営方針として、

「無理・無駄・無茶はしない・させない」

これを柱においていたので、出店計画についても常にそれがベースにありました。

決してスタッフに無理をさせるような店は出さない。無駄な場所には出店しない。もちろん無茶をさせるつもりもありません。出すからには失敗できない。だから一店舗たりとも赤字を

出す店を作るわけにはいかなかったんです。

飲食店の出店は一般に「立地七割」といわれるほど、成功のカギはそのロケーションが大半を握っています。私は勘に負うところが大きいと言いますが、もちろんひらめきだけでヒットする場所が分かるはずもなく、何度も現場に足を運んで、人の通行量やら客の年代やら競合店などを穴が開くほど観たうえでの勘なのです。

大阪ならばほとんどの繁華街は頭に入っていたし、まず外さない自信はあったけれど、知らない土地は勝手が違います。積極的に地方に出ようとしなかったのには、それがあった。右も左も分からない場所に、無理して勝負しにいく気はさらさらなかったんです。

出店の際にまず頭にあったのは、「ドミナント方式」でした。地域を絞って集中的に出店するという、主にコンビニが実施していた出店戦略で、そのエリア内の知名度を上げると同時に、効率的に管理ができた。だるまも規模が大きくなるにつれ、昔みたいに全部各店でネタの仕込みをしていては効率が悪くなっていました。

そこで地域毎にセントラルキッチンを設けることにし、食材をそこに集中させて、仕込みから配送までを一本化しました。その頃にあった新世界四店、ミナミ四店、それぞれに最も効率的に配送できるコースを考えだしました。配送だけでなく、不測の事態があった場合も、エリア内の近距離ゆえ、人の貸し借り、もの（食材）の貸し借りが容易になるというメリットもありました。またこうした構造を見直すことにより、経費の節約にもつなげることができ、だるまには有効な方法だったといえます。

新世界からミナミへと来て、この上はこのまま一気に北上し、キタへ駆け上がるしかありませんでした。

ボクは育ちが生野なんで長年ミナミにはなじんできましたが、キタはちょっと澄ましてる感じがあって、下町人間からはどうも肌が合えへんなと、勝手に抵抗感をもってたんですわ。でも、次に向かうならばキタしかない、それがボクらの使命なんやと自分にも周りにも言い聞かせ、ときが来たら勝負に行ったろうと決めていました。

先にあったのは、梅田のルクアと新大阪駅からの出店オファーでした。先に書いたように、この二店を出すなら、ネタを仕込み、デリバリーするセントラルキッチンが必要や。そのためキタの適当な場所に拠点を設けるのが急務でした。探しかけてたところへ、北新地の五階建ての空きビルの話がもち込まれたのでした。

必ずしも北新地である必要はなかったけれど、東の銀座と並び称される西の北新地です。三千店が密集する大阪随一の高級歓楽街であり、もともとは芸妓もいる格式ある花街と聞いては、あとへ引くわけにはいきまへんでした。

もち込まれたのは高級カラオケ店の入っていた賃貸ビル。家賃月額二百五十万円。ちょうど三十五坪ほどと、うちには手頃な大きさでした。しかし家賃を売上の十パーセントとすると、二千五百万円売らんとあかん。これだけ売れるか……しんどいんちゃうか？

決めかねていたら、「こっちのビルを借りませんか」と別の五階建てが出てきた。リーマンショックのあとやったので北新地もどん底で、エライことになってましてん。

考えている間に当の不動産屋は倒産してしまい、大手の管理下におかれたその物件は売りに出されたんです。

「こないだ借りるとか言うてた物件、売りに出たから買いません？」

「なんぼ？」

「三億三千万円……」

「ちょっと待って」と言うて、即座に税理士へ連絡した。

「北新地の物件ですねん。お金貸してくれますやろか？」

「そら、間違いなくいけるでしょう……」

破竹の勢いで出店していた時やったので、銀行もノリが良かった。

「ほな、買うわ！」

と、決めた。即断即決、デキる経営者は話が早いのである。自分で言うな。

北新地が不況にあえいでいたあの時期だからこの底値で、数年後には、もうこんな価格はあり得なかった。ここにも引きの強さというか、運が生きてました。

一階・二階は北新地だるま。三階を北新地の事情を考え、接待にも同伴にも使える高級創作串揚げの「だるま きわ味」として開店することにしました。

大阪一の盛り場北新地の高級店が、軒並みデフレでボコボコにやられてヘタっていた時に、とうとう新世界の一番のデフレである「串かつだるま」が北新地に進出しよったとえらい話題になりました。

北新地というても、白昼の永楽町通りの人影は少なく、時折すれ違うのは、酒屋のトラックやおしぼり交換の軽トラぐらいのもんでした。特に土日の昼間ともなると人っ子一人いない状態で、こんなところで大丈夫か……と従業員は不安になったと言います。

二〇一〇年二月十日　北新地店、グランドオープン。

開店までの道のりを密着取材した毎日放送の料理バラエティ『水野真紀の魔法のレストラン』の生中継が入り、赤井・大吉アナウンサー・私が出ました。各新聞・テレビ各社もだるまを〝北新地のデフレの象徴〟みたいに取り上げました。

オープニングまでの指揮を藪口征平店長に任せました。私の前職、石油販売会社時代からの部下です。遅れて私のあとを追ってきた藪口には目を掛けていたので、商売とはどうあるべきものなのか、手加減なくびしびしと鍛えてきました。

「ここで会長にオープニングまでの一切を託されてました。初日の終わりに『完璧や！』と初めて褒めていただいて、それは嬉しかったです」

と言う藪口。若手の中からメキメキと頭角を現し、現しついでに私が秘書としていた赤井先輩の姪、真理恵ちゃんまでかっさらって結婚してしまうという、誰がそこまでせえと言うた……とぼやいたけども、まぁそれはまた別の話。

昔を知る北新地のクラブのママ連中やお客には、北新地のネオンの波に「新世界」の文字が躍ったのは、なんと場違いな……と眉をひそめたのではないでしょうか。だけど次第になじんでいくから不思議なもんで、客足は順調に伸びて、「堂島や曾根崎のサラリーマンかて、やっぱり旨い串かつは食いたいんや」という確信に変わりました。

この二〇一〇年あたりから本格的に串かつが知られるようになり、ブームといえるような状態になってきました。大阪名物といえばこれまで、お好み焼き・たこ焼き・きつねうどん……などでしたが、それらと一緒にそろそろ串かつの名前も挙がり始めました。マスコミのどこかで取り上げられるたびに、自然と「ソースの二度づけは禁止やで」という新世界スタイルの文言も流れることになったのです。

二〇〇一年　十一月　四代目として本店を継承、新世界総本店とする
二〇〇二年　十一月　ジャンジャン店
二〇〇四年　七月　道頓堀店
二〇〇五年　七月　通天閣店、十二月　法善寺店
二〇〇六年　三月　浜松店（〜二〇〇八年）
二〇〇七年　八月　姫路店（〜二〇一九年）、十月　なんば本店
二〇〇八年　十月　道頓堀店、移転リニューアル
二〇一〇年　二月　北新地店、六月　きわ味北新地店
二〇一一年　五月　ルクア大阪店
二〇一一年　九月　新大阪駅なか店
二〇一三年　四月　心斎橋店

二〇一四年　十二月　動物園前店
二〇一五年　七月　アルデ新大阪店
二〇一七年　二月　クロス茶屋町
二〇一七年　四月　ギンザシックス きわ味銀座店
二〇二一年　二月　ホワイティうめだ店

こうして並べると、決して次から次というテンポではないけど、着実に店を増やしてきているのが分かってもらえると思います。けど多店舗展開を目指す大手外食チェーンなどとは比べ物にならないほど少ない店舗数です。そらもう大手さんは止まったら死ぬんぢゃ！という勢いで、毎月何軒も増やしたりしてはるけど、我々だるまが目指すところはそこではなかったんです。

無理はしない。無理をしなければならない拡大路線はとらない、と決めてきました。

本来は複数の店を抱えていると、各店舗で目標金額を決めて、店同士競わせたりしながら収支を見ていくもんと違いますか。通常の経営っていうのは個別の店舗をきちんと見て、黒字店舗か赤字店舗かを分析して手を打っていかなあかんのやけど、ウチはやる前から絶対黒字になると分かってる店舗しか出しません。したがって各店舗に無理させることがない。ノルマを達成しろなどとケツを叩く必要がないんです。

そこを見なくていいということは、そこを管理する人間がいらないということ。いらないから小さな本社が可能になるんです。本社というのは全部、間接経費なんで、そこはできるだけ小さいほうがいいやないかという発想できてるんです。

日本の企業っていうのは予算を組むために、目標金額をもたせます。経営幹部には立場があるから、この金額を絶対達成するために手綱をギュウギュウ締めたり、ムチを打ったりして絶対に達成させようとする。

でもね、本来の商売とは競馬の第四コーナー回った時に、ムチを打たずに馬なりで優勝させることがいちばんええやり方と違いますか。馬なりとは、馬の進むがままに任せて走らせることです。従業員を馬に例えて悪いけども、ムチを打ったらやっぱり疲れさせるし、次のレースにエントリーするまで回復させる時間が必要になる。だから、できるだけ無理をさせずに十分余力を残したままで勝ちたい、と思ってきました。

絶対勝てるところに確実に出してきた結果が、これだけの店数になってきたということなんです。

社員に対して、何べんも繰り返し言うてきたことがあります。

飲食業のサービスも格闘技も、極めて重要なのはファーストコンタクトなんです。

最初の一発目。人が人と何らかの関わり合いをもつならば、最初の出会いがしらやと言うてきました。甘っちょろいことを言うと、男女の恋愛についてもそうやないやろか。ファーストコンタクトによって、いかに相手にインパクトを残すか。うまくいくもいかないも、ほぼそこで決まるんやないかと思ってます。

つまりはツカミというやつですわな。一度ツカミ損ねると、挽回するのにものすごい時間がかかるし、無駄な労力も注がんとあかんことになります。

我々串かつ屋にとってのファーストコンタクトいうたら、何でしょう。僕は最初に出て来る一杯のビールやと思うんです。瓶ビールを注文されたときには腕の振るいようもありませんが、生中などと言われたときにはこっちのもんです。すばやく運ばれてきた適度に冷えたジョッキ(グラス)、淹れ立ての黄金色のビールと真っ白くキメの細かい泡。ゴクッと喉が鳴る瞬間ですわ。うまく入ったビールはいかにもうまそうに見える。

これだけで「おっ……やるな……」と思いませんか。まずはグ~ッと一口喉へと流し込む。喉の奥のヌルヌルしたもんをサ~ッと押し流し、鼻へと抜ける香り、適度な苦みと爽快感。さあ、揚げもんどっからでもかかってきなはれ!という気にさせてくれるビール、串かつの幕開きにふさわしい相棒です。

最初はもちろん、途中でもそうですな。ちょっと脂っこくなつた口の中を一瞬にして洗い流し、ニュートラルな状態に戻して、次の串へと向かわしてくれるのもビールのチカラやないですか。揚げもんとビールは最高のパートナーやないでしょうかね。

そんな大事な役目を担わされたビールやのに、巷では適当に注がれることのなんと多いことか。それだけで今から出て来る串かつのレベルがうかがい知れるんですよ。

同じビールを飲んでもらうのなら、そこは最大限気を遣いたいところ。まずサービスはここからなんですよ。安モンの串かつ屋や思ってナメんなよ!と言いたいんで、ウチはそこをおろそかにいたしません。社員教育でも「そこは絶対に引いたらアカンとこやぞ」と教えてます。ビール会社の営業マンなんか、みんな〝おいしいビールの注ぎ方〟をよう知ってます。店のオープニングの際には来てくれて、従業員は教えてもらってるはずなのに、いつの間にか忘れてコシの抜けたようなビールを売っとる。そこにカチンとくるわけです。

ここでボクがビールの注ぎ方教室に紙面割いてる場合やないんでやめときますが、注ぎ方もさることながら、日々のビアサーバーの洗浄と同時に、ジョッキやグラスの洗浄も基本中の基本です。食器洗浄機でほかの食器と一緒に洗ったりすると、汚れが十分に落ちず口紅が残ったり油膜が残るのでアウト。うちではグラス専用のスポンジを使って必ず手洗いにします。これは家庭でも真似できまっしゃろ。

完全に洗えていないグラスでビール注いでみなはれ、内側の汚れた部分に反応して、そこに気泡が付きます。うちでは仕上げに内側を再度チェック、それをジョッキクーラーで冷やします。

キレイなグラスに注がれたビールを飲むと、グラスの内側に泡の輪っかが残ります。これをエンジェルリングいうのはよう知られてますけど、二口で飲むと二重に、三口で飲むと三重にできるんです。これがうまいビールの証拠いうわけですな。

うちのベテラン従業員になると、お客さんのグラスの輪っかを見逃さず、……あのお客さん、三口で飲みはったな、ほな、そろそろお替わりいきはるな……というタイミングで若い子を行かし、間髪を入れず「ビールお替わりいきましょか！」のひと声を掛ける。えらいエエ間で来たな、と思わず「おう、ほな頼むわ！」言うてまうんですよ。

たまに「ビール、泡なしでちょうだい！」いうお客さんがいてますけど、キメの細かい泡は口当たりとともに、香りも炭酸も封じ込めるバリアの役目があるんで、あれはあれで必要なんですよ。泡のフタなしで、どんどん炭酸が抜けて酸化が進んだビールなんかおいしいことおへんやろ思うんやけど、まぁ人それぞれやけどね。

一流ホテルのバーに行ってみなはれ、さすがに完璧なビールを入れてきますよ。教育が行き届いているんでしょう、もちろん、それなりに取られるけどね。うちみたいな客単価二千円の串かつ屋で、「ほう、ここまでやってくれるんか……」と思ってもらえるようなビールを出すのが値打ちやと思うんですよ。

店を見回ってるときに、ワシの目の前にしょうもないビールが出てきたら怒るか？　いえいえ、その従業員を目の前で怒ったりしません。若い経験値のない子がかわいそうですやん。「この注《い》れ方、誰に習ったん？」と努めて冷静に、教えた上司の名を聞いて、あとからそいつに「ゴラァ！」とカマシでもパチキでも入れたりますわ。覚悟しときやぁ。

ビールだけやなくチューハイにもうるさいよ。氷はプカプカ浮かばせず、こんなふうに入れるべきだというのを実践させてます。ボク自身が料理畑の育ちやないので、絶対の自信をもって串かつという料理はこうあるべきだ、なんちゅうことはよう言いません。だから先代がしてきたそのままを継承してきました。そやから、せめて飲み物はこだわって、自信をもってこれがうまいんやと言いたいんです。うちには飲み物専用のドリンク厨房を備えた店舗もあって、賭ける覚悟は感じてもらえるでしょう。

ほんまはウイスキーの出し方にもこだわりたいけど、レベルを上げるにはそれなりに技能がいるし、うちみたいな価格帯の店ではなかなか実現は難しいとこです。

北新地の「座って五万円……」の店でも、そうやねえ……八割の店が水割りやハイボールをきちんとよう作らんのとちがいますか。客で行ってるのに何度となく、

「お前、ナニ勝手に水割り作っとんねん！」

と文句言うて、随分と教育してきました。うるさいオッサンやな思われたやろけどね。

そのシーンを再現するならこんな具合ですわ。グラスやら氷を持ってこさせて、

「お前ら見とけよ、まずは水割りや……」

まずグラスを冷やすために氷を入れてバースプーンで攪拌する。バースプーンないならマドラーでええがな。箸はやめてや、下宿やないねんから。何回回せとかいうメーカーもありますが、適度に冷えてグラスが曇ってきたあたり。底に溜まった水を捨てて、そこへ静かにウイスキーを注ぐ。マドラーで混ぜてウイスキーを適度に冷やす。ミネラルウォーターを注ぎ、静かに上下をなじませるように混ぜたら出来上がる……。これだけのことやけど、心得のある人が作る水割りは違います。

知り合いのおばはんのスナックの水割りなんか、ガチャガチャガチャと混ぜて「ハイ、飲みやぁ」。乱暴に混ぜるさかい、氷と氷がぶつかり合ってしもて、端から氷が融けてしもて薄

まってしまいます。一方、プロのバーテンダーちゅうのは氷が喧嘩せえへんように静かにステアするんですよ。

ハイボールもそう。できるだけ炭酸の泡を飛ばしたくないので、マドラーに炭酸を這わせて注ぐ店がある一方、布施のスナックのおばはんはジョジョジョと炭酸入れたあとに、ガチャガチャガチャ「はい、お待っとうさん」。炭酸飛ばしてもうたらあかんがな！「歌入れよか……」ごまかしな！

そら北新地では品はありますが、ウイスキーだけやったらこの布施タイプがいてますからね。なんで客のワシが安くない飲み代払ろて授業せなあかんねんとも思ったこともあるけど、どうにも黙っておれません。世話焼きですねん。でもおかげで何軒かの店はワシの顔見たら、きちんとしたウイスキー出すようになりましたんやで。


いつの間にか、だるま全店で月二十万人、年間二百四十万人ものお客さんが来てくださる規模になってきました。阪神タイガースの年間の目標来客数が大体二百五十万人というから、ほぼ甲子園の観客席で見るのと同じような数のお客さんが来てくれてはると思うと、えらいとこまできたなと思います。

味には自信がありますが、ビジネスは味だけではないさまざまなものが入ってきます。例えば客単価五十円上げるにはどうするかを考えさせます。しかも押し売り感なく食べていただくにはどないしたらいいのか。一人五十円上げられたら、年間一億二千万になります。こうなると大きい金額になりますわね。

いかに回転率を上げるかも知恵を出し合いました。

行列に並んでいただくお客さんの待ち時間のストレスを軽減するためにも、並んではる間にオーダーを聞いて、着席と同時にドリンクが運ばれて来るようにする。お客さんは「はやッ！」と驚かれます。串かつもできるだけ早く。オーダーから出て来るまでの提供時間を少しでも短く、飲食時間を長く取ってもらえるように考えてます。

慣れていないお客さんにはできるだけ一本ずつではなく、ひととおり味わえるセットメニューを勧めるようにすると、串かつ初心者であっても迷うことなく安心やし、こちらも一気に提供できてオペレーションもスムーズになります。

お客さんが帰られたあとの片付けと新しいセットに交換するバッシングも、大いに回転率に関わってきます。早く確実にきれいに片付けると、次のお客さんへの対応にもすばやく入れます。片付ける者とセットする者の連携も見もので、ウチのは見せられるバッシングやと自負してきました。

その結果、いちばん忙しいときで一日二十回転までいきました。決して店舗数が多くないうちの規模で、銀行も驚くほどの利益率を出せるようになりました。

もう一つ、だるまに誇れるものがあるとしたら、あったかい家族的な社風にある気がします。

わずか十五店舗でとどめていて、無駄に多店舗展開を追わないというのは、私の目の届く範囲でないとうまくいかないことが多かったことにあります。時間をかけて人を教育していく会社であるには、大きくなり過ぎないこと。さらには「情」のある会社でいたいと思ってきました。世の中万事、合理性で割り切ってええんやろか。追われるばかりでどこか殺伐としてきませんか。やっぱり大阪というところは「情」なんです。愛情をもって社員を育てて、社員にはその気持ちに応えるように情熱をもって働いてもらう。東京から見ると、ベタつこうが、もっちゃりしてようが、この情なくしては世の中オモロイこともなんもないやないですか。

社員の子どもたちが「ウチのお父さん、だるまで働いてんねん」ということを胸張って言えるようにしたい……これは会社組織にした時点からずっと思っていたことでした。

世の中のサラリーマンはたいがい自分の会社で自分の子を働かせたりしませんな。そんな発想をまずもとうとしない。なんでやろ。親は親、子は子と、それぞれ別々の道を行くものと思い込んでいるかもしれない。

ところが警察官はどうでしょう。親が警官なら子どもも警官というケース、割合多くないですか。政治家でもないのに世襲している確率は少なくないはずです。なぜかというと、警察官という仕事にプライドを感じているからなんですね。

「ボクのお父さんは、悪い奴らから国民を守る仕事をしてるんや……」

それを小さいときからことあるごとに親に教えられてきた。だからボクも大きくなったら警察官になるんやって思う。ほんまは民間企業もそうなるべきやないかと思うんです。ほんまにイイ会社ならそうなりますよね。

そう考えると、うちの従業員の子どもがウチの会社で働いてくれてるのはメチャメチャうれしいんです。

動物園前店長の吉村英治は店長になりたての頃、店が忙しくて、奥さんと子どもをアルバイトで勤務させました。吉村店長は家族に向かって、「ウチの会社ってエエぞ、安くてうまい大阪名物の串かつを出してお客さんに喜んでもらうやりがいのある仕事や。バイト代も悪くないぞ、どや、ウチでバイトせえへんか……」と言うてる訳やからね。

奥さんも子どもも一生懸命働いてくれてます。法善寺店の店長、佐々木の奥さんは通天閣店で仕込みをやってくれてます。北新地きわ味の奥田料理長の息子もバイトに入ってます。そうした家族とほかのパートやバイトの子たちとは、もちろん差を付けることなく同じ待遇で働いてもろてるけど、時に姿が見えると、「おまえら、ガンバレよ!」って、その背中へ向けてエールを送りたくなるんですよ。

家族的なということでいうと、春は遠足、秋は慰安旅行を実施してきました。小さなことに思うかもしれへんけど、こういうことって案外大事なんです。

家族への感謝をテーマに、毎年五月にはバスをチャーターして、会社を挙げて、社員の家族全員を連れて遠足へと出かけます。すばらしいことに決まりではないんやけども、これには忖度なしで全員参加するんですよ。若い女性社員が率先して遠足のプランを練ってくれることになってます。自然がいっぱいの野外でバーベキューして、全員で一緒にメシを食う。それだけの一日です。

この前まで赤ん坊やったのに……と、社員の子どもが成長して来るのを見るのが、また楽しいんですわ。こんな小っちゃい坊主がトカゲなんかを捕って来て、ボクとこまで見せに来ますねん……ダレや、孫の顔見て目尻を下げるジイサンみたい言うヤツは。

こうしたアットホームな温かい会社を目指してることが、離職率五十パーセントといわれる飲食業界で、わずか六パーセントという数字が表しているのやないかと思います。気持ちよく働いてもらわんことには、ヤル気も生まれませんから。

従業員の満足度が上がると、顧客を喜ばせることに最善を尽くすようになり、そうして生みだされたサービスは顧客を感動させ、顧客満足度が上がり、それが結局利益の拡大につながるというのは、ここでボクが言わんでもマーケティングの専門家が言うてること。つまり、すべてがうまく回っていくということになります。

会社に流れる温かい家族的な空気感は、どこからかにじみ出るもので、そこは間違いなく食べに来るお客さんに伝わるはずやと思うんです。


二〇一七年、私の周辺に大きな変化がありました。名だたる名店が軒を連ねた道頓堀商店会会長の座を、今井徹会長から私が引き継ぐことになったんです。

今井さんといえば、江戸の昔から道頓堀にあって二百年。芝居茶屋から楽器店、戦後、蕎麦うどんの店となった「道頓堀今井」の七代目。ぽっと出のアタシなんかとても足元にも及ばないほど、道頓堀に深い縁と愛情をもった方です。

ご自分の店のトクになることなど一切考えず、一所懸命に街のために働こうという姿勢は学ぶことが多くて、どこか赤井先輩にも通じる真っ直ぐなタイプやと思います。

会長として十年間、街に尽くし、そのなかには道頓堀開削四百周年の記念事業として、道頓堀川をプールにするという堺屋太一さんのブッ飛んだ構想もあり、世の中的には賛否両論でしたけど、完成してたら二つとないオモロイもんになってたのは間違いありません。結局、予算面で断念せざるを得ませんでした。

今井会長の下でわりと言いたいことを言わしてもらい、違うもんは違うと発言もしてきましたんで、こいつならやれるんちゃうかと思っていただけたんでしょうか。バトンをいただいて、今井さんのように真面目に、わがことを顧みず走ることに徹してきました。いやほんまにね、この仕事は私利私欲を考えてたらやれるもんやありません。絶対に自分の店のことを先に出すようなことはするまい、と心に決めました。

先にも書きましたが、この精神ってビジネスの基本なんです。

自分の利益ではなく、人さまに得してもらうこと。目先の欲得のために動いて、自分がいち早く収益を手にして喜ぶのやなく、一歩引いてへりくだって、相手さんにかわいがってもらえるようになると、儲けいうのはあとから付いてくるという考え方です。

また道頓堀商店会会長というのは大阪各地にある商店街の会長とは少しニュアンスが違ってきます。ニュースなどを見ても分かるように、どうしても東京は銀座、大阪は道頓堀が代表みたいに取り上げられてしまいます。また折にふれて、商都大阪の商売人の代表みたいな扱いで意見を聞かれたりします。そうなるとわがことではなく、ある程度は公益的なことも考えて発言せんならんようになり、商店会のみんなのため、大阪のため……みたいな機会も増えてきました。

二〇二五年に夢洲で開催予定している大阪・関西万博に対してもそうです。大阪の商店会を代表して誘致運動に参加し、国際社会に向かって働きかける機会がありました。道頓堀の真ん中に万博誘致を盛り上げるオブジェを設置したり、むちゃくちゃ遠かったカザフスタンのアスタナ万博へ、当時の松井知事らと大挙して乗り込み、ジャパンデーを思い切り盛り上げて、大阪を目一杯アピールして来ました。

二〇一七年、ＢＩＥ（博覧会国際事務局）のケルケンツェス事務局長が来阪した際も、我々道頓堀商店会が主体になってもてなし、船で道頓堀に着けたりして、各国は政府機関が誘致運動するのに、大阪の民間の熱気が伝わったのは間違いありません。

二〇一八年十一月二十三日、深夜。かに道楽前に商店会の会員、各店関係者、報道陣、通行客ら二百人以上が集まり、スタバの上のマルチビジョンに映るパリの総会の中継が、「祝！二〇二五年、万博大阪に決定！」と出た時には、「やった～！」と握手、ハグし合い、歓喜の渦に包まれ、「大阪！大阪！」のシュプレヒコールが起こるなか、割烹着も帽子ももみくちゃ……、会長冥利に尽きるとはこのことかと舞い上がりました。

まさか、その後どエライことに巻き込まれていくことを、この時点では予想だにしていませんでした。

二〇一九年十二月、中国湖北省武漢市で原因不明のウイルス性肺炎が拡がり始めました。最初は武漢ウイルスなどと言われてましてん。

インバウンドで中国から大勢のお客さんに来ていただいていた道頓堀としては知らん顔はできませんがな、恩があります。国も政治も関係なく、とにかく応援の声を上げようと、「挺住!·武汉（がんばれ!·武漢）」のフラッグを作って道頓堀に掲げました。すると中国でも「大阪が応援してくれてるぞ!」とネットで配信され、NHKが飛んで来ました。

二〇二〇年　一月七日　原因はコロナウイルスと認定、感染源はコウモリといわれた。
一月三十一日　中国以外に感染拡大、WHO（世界保健機構）は緊急事態宣言。
二月五日　クルーズ船、集団感染判明。横浜沖で十四日間の隔離。
二月二十七日　全国一斉に臨時休校を要請する考えを表明した。
三月十一日　感染者世界で一〇万人を超え、WHOがパンデミック（世界的大流行）と認定。
三月二十四日　東京五輪・パラリンピック延期決定。
三月二十六日　米国、中・伊を超えて感染者数世界最多となる。
四月一日　安倍首相、一世帯二枚の布マスク配布を表明。
四月七日　安倍首相から七都府県に緊急事態宣言が出され、三密を避け、不要不急の外出は自粛するよう要請あり。即日、だるまは全店休業に。

道頓堀商店会では休業中であっても前向きな姿勢をアピールしようと、「負けへんで!」というポスターを作りました。中井副会長のお好み焼き「千房」さんはコテを使う写真に「負けへんで!絶対ひっくり返したる」。「たこ家道頓堀くくる」さんは、「負けへんで!アツアツ魂でスグに復活!」。うちは「負けへんで!コロナの流行は禁止やで!」熱意を込めて各店舗の前に貼り出しました。

五月五日　大阪府は大阪独自の警戒基準『大阪モデル』を発表。

通天閣は要請を受けて、警戒基準のレベルを緑・黄・赤のライトアップで伝えました。真っ赤な通天閣はやっぱりゾッとし、黄色やったら「ヤバいヤバい」という気にさせられ、緑ならホッと安心する……やっぱり通天閣なんですよ。新世界の住人でなくても大阪全体が改めて、通天閣を見上げたり、気にしたりすることが多くなった気がします。やっぱり揺るぎない大阪のシンボルなんやという思いがしました。

五月十六日　休業要請を段階的に解除。

私らも四十日ぶりでした。府内十三店舗のうち四店で営業再開。『復活や！営業再開！』と店前に貼り出しました。一挙に反転攻勢といきたいところでしたが、お客さんの安全を何よりも優先に考えて、客席は三割以上減らし、手の消毒、飛沫対策のマスク、仕切り、ビニールシートを吊るなど対策を施しました。

いちばん頭が痛かったのはソースをどないするか、ということでした。

創業以来の二度づけ禁止ソースは大袈裟に聞こえるかも分からんけど、新世界式の大衆串かつのシンボルですねん。あのスタイルを捨てるというのはなかなか勇気のいることでした。

そもそもこの様式は屋台から生まれたもの。屋台で場所がないことから始まってます。江戸文化文政頃に始まった握り寿司の屋台も、共用の醬油が入った丼が置かれ、手で摘まんだ寿司をそこへちょいと浸けて食いました。一度齧った寿司を浸けるのは不潔なので無論ご法度。串かつも同様で、大阪人的合理主義から串かつを皿へ取り、ソースをかけるより浸けたほうが無駄がないというのがあったんでしょうな。

深さのある容器に並々と入った漆黒のウスターソースへ、串かつをドボンと浸けるのは決して行儀のエエもんやない。そやけど、あれこそ家庭レベルでは真似できません。初めての体験ならばちょっとドキドキするもので、いわば非日常の入口。ソースを隣り合った人と共用するというのは一種独特な共犯的な気持ちにさせてくれる。そのあたりがこの共用ソースの魅力やったんやないでしょうか。

「こんな時代ですから、上からかけたほうがええんちゃいますか……」

「いやいや、それでは余りにも味気ないやろ……」

いろいろ言い合った末、ソースポットで出してきたウスターソースを、断腸の思いで引っ込め、ボトルで出すようにしました。端からは小さいことに映るかもしれへんけど、私らには大きい、九十年続いたスタイルが消えることになりました。

しかし、ボトルに入っていても中身は創業以来まったく変わらない秘伝の〝二度づけ禁止ソース〟ですがな。キャッチフレーズも意見をいっぱい出し合った結果、シンプルに「二度づけ禁止ソースは、かけて食べてや〜」としました。

もちろん、これでは気分が出ないというお客さんには一人百円いただきますが、従来の容器で出し、注文ごとに全部取り換えるということにしました。

五月連休明け、苦渋の選択のうえでの再スタートでしたが、思ってもみないところから援護をもらうことができたんです。

――感染防止のため、大阪流のスタイルを見直す串カツ店も「漬けんとかけてや」（日経）

――同店では串カツの代名詞である「二度漬け禁止」の客が共有で使うソース容器を撤去し、小分けのボトルに入れたソースを使ってもらうことにした（読売）

――「二度漬け禁止」どころか消滅「九十一年守った大切なもの、苦渋の決断」老舗串カツ店だるま、名物共有ソース撤去「大阪モデル食文化も変えた」（日スポ）

――串かつだるま今日再開、ソースの共用禁止やで「新ルール⁉︎」容器は希望客にだけ、客

ごと取り替え」（報知）

——大阪の文化でもある串カツの「ソース二度づけ禁止」は全面撤廃。二度どころか一度も禁止の「ソースボトル」で提供した（スポニチ）

新世界の串かつ屋のおっさん、コロナで右往左往して、ドボづけのソースを引っ込めて上からかけるようにしよったわ。これって〝新しい生活様式〟のキャッチに使えるんちゃうか……と思ってもらえたかどうか分かりませんが、各紙一斉に大きく取り扱ってくださった。

「〝二度づけアカン〟は大阪の文化、僕もその文化で育った。ちょっと寂しいですけど、ずっとではない……有効なワクチンができてコロナをコントロール下においたとき、〝二度づけアカン〟を復活させることを夢見ながら、この期間は感染防止対策をお願いしたい」

と、五月十五日のコメントで触れてくれはったのは吉村洋文知事。そのどれもが身に染みてありがたく、背中を押してくれるものでした。いやらしい話やけど、これだけ当社の名前を挙げていただくには、一体どれほど莫大な宣伝広告費がかかったでしょうか。これを考えたら怪我の功名、まだボクには「運」が残されていました。

こんなことでくじけてる場合ちゃうぞ、ここは辛抱してまだまだいかんかい！というエールやと思いました。商売、真面目にやってきてよかった……つくづく（泣）。

六月、道頓堀商店会では、同じ町内に松竹座がある関係で上方の歌舞伎役者、片岡愛之助さんに協力をお願いして、「負けへんで」に続き「やったるで」というキャンペーンを実施。「絶景かな～絶景かな～道頓堀の灯は消さへんで～！」と言うてもらいました。もちろん芝居も大打撃を受けていました。

毎週、売上が下がってふ～ふ～言うてましたが、こういうときは励まし合うのも商店会の仲間です。道頓堀の飲食店からどんな具合や?と、お互いに数字をキャッチボールすれば、対前年比九十五パーセント減いう大手飲食店もあり、まだうちはマシやなと慰めるしかありませんでした。

六月十九日、都道府県を跨いでの移動が可能となり、陽性者数は毎週土日に増えるぐらいになり、売上も前年比四十七パーセントまで挽回、半分戻ってきたらなんとかなる！　もうコロナ来んといてくれ!と願ってました。

ところが七月末には大阪が再拡大となり、八月に再び時短営業（および休業）要請が出されました。対象は東西が堺筋から御堂筋、南北が千日前通りから長堀通りというミナミの心臓部ともいえる四角いエリア。当然道頓堀も法善寺も入っていました。

「なんでココやねん！　千日前から南はええんか、誰が決めたんや！」と言いたくもなりますやろ。持続化給付金、二百万円では焼け石に水もええとこで、オレ、去年の納税仰山してるのに一律一緒かぇ……。ぼやき始めるとキリがありませんでした。我々も腹をくくらんとアカンとこまできてました。

二週間の休業要請が解けても八月のミナミも新世界も北新地もスッカスカでした。いちばん怖いのは感染症やなくて、自粛気分が続くことやないかと思い始めました。人間のマインドいうのはそないに急に切り替わるもんやないので、だんだんと街へ人が出ないようになってました。自粛が委縮になってしまうのが脅威でした。

もうここまで打たれっぱなしよ。どつかれっぱなし。

赤井先輩は『どついたるねん』いう映画で世に出たけど、こっちはもう、ここまでコロナにどつかれっぱなし。皆さんもきっとそうに違いない。

そやけどね、ボクシングもそうなんやけど、どつかれながらも急所だけはガードをする。ガードしとかんと一発で倒されてしまうからね。そしてここが肝腎、ガードしながら、どついてる相手から目を離したらアカンいうこと。反撃するチャンスをうかがって、必死に相手のツラを見とかないとアカン。

で、「ココや!」というタイミングを絶対に逃さず、渾身の力を込めて相手をどつき返す。クリーンヒットして、フラついてくれたらラッキー、倒れてくれたらなおラッキーや。

ここまでコロナにどつかれっぱなしできたけれど、ひるんで目をつむっても、背けてしもても駄目やということを言いたいんです。

どつかれっぱなしやないというのを証明しないとあかん。

逆風吹き荒れるなか、守勢に入らず攻めろ!　そうした思いで、二〇二〇年のうちに道頓堀にだるまビルを建てました。これはコロナ以前からの既定路線ではあったんですけど、今までの道頓堀店は賃貸ビル、今度は自社ビル。今までの店から西へ五軒行った浜側、旧中座の真ん前というまたとない好位置です。

道頓堀にビルをもちたい……というのはボクの悲願でもありました。オーナーのことも知ってましたんで、お会いした時に打診もしてみたんですが、売る気はないということやったんで、なかば諦めていた物件でした。その後のインバウンド景気で土地の価格が急騰して、手放す気持ちにならはったんでしょう。銀行さんから話が来て、かなり高いなあとは思ったけど、だるまはちょうど私の代になって二十年目、ある意味、集大成となる仕事やし、二度と出る場所やないので、思い切って買うことに決めました。

五階建てのビルの屋上に、なんかオモロイことしたろと思って、当社のシンボル・だるま大臣を設置することにしました。しかも道頓堀なんで、今までのレベルを超えたアッといわせるもんやないとオモロない。ビルのてっぺんに、巨大なだるま大臣が出現したら話題になるんやないやろか。

またまだるまの会長、いちびってどエライもん作りよってと言われそうやけどね、どこのアホがチョけて（大阪弁でふざけた）、道頓堀の真ん中でこんな真似できますか。「笑かしよんな」「ムチャしよんな」「エゲツないもん作りよった」は私には褒めことばとしか聞こえまへん。初代春団治が真っ赤な人力車を乗り回して、「ようやるで、粋《すい》な奴っちゃな……」いうのと、ちょっと似てませんかね（笑）。

「オレらがオモロイと思ったら、周りも絶対オモロイはずやから、オレらがオモロイと思うことをしようや」

かつて赤井先輩からいただいたことばであり、ボクの行動原理とさせてもろてます。

あちこち探して回り、素人考えを実現してくれる大型オブジェなどの建築装飾の会社を見つけました。実現化するにはいろんな問題があり、消防法はあるし、セキュリティの問題はあるしね、昨今の巨大化する台風でふっ飛ばされて道頓堀川に沈んでみなはれ、ケンタッキーフライドおじさんの二番煎じでは笑えもしまへんがな。

メーカーさんは道頓堀の真ん中に設置されるのは光栄や言うてくれはって、現状のだるま人形から発泡スチロールで原型を作り、樹脂を塗って型を取り、セラミック系の不燃材料使って人形のパーツが出来上がっていきました。それを百ほど組み合わせてできたのが、新生だるま大臣です。高さ十二メートル、重さ二十トンになる巨大な像になりました。

本格始動はまだ先でしたが、十一月には点灯式を行い、試運転してみました。そうですねん、この巨大だるま大臣、動きます。動くいうても歩き出す訳やなく、回転して向きを変えるんです。基本的には道頓堀川を挟んで真向かい、宗右衛門町のドン・キホーテの観覧車のほうを向いていています。二十分経ったら戎橋の方角へ向きます。ひっかけ橋こと戎橋の上に立って、何やら視線を感じるなぁ思ったら、向こうのほうからだるま大臣が睨んでるという訳です。戎橋の上から右を見たらグリコの看板、左見たらだるま大臣……格好のインスタ映えポイントになりませんか。折角ミナミへ来てくれたんや、観光客にもっと楽しんでもらいたいと思ってやってみました。

二十分経ったら今度は橋に背中を向けます。背中には〝串かつだるま〟と書いてあり、文字どおりだるまの看板を背負ってるという意味をもたしてます。ここで十八分停まって、残る二分は回転に要する時間ということで、一周一時間かけた回転ショーという訳ですねん。まぁ一周眺めてるような暇な人、そうはおらんと思いますが。

いっぺんにでけへんので、まだプランの段階ですけど、アプリを入れてもらって、スマホをだるま大臣にかざしてもらうと、VRのような映像で、だるま大臣がグワ〜ッ！と走って来て一言、「二度づけソースはかけて食べてや！」というのを実現予定。なかなかエゲツないよ(笑)。子どもはひきつけ起こして泣くと思います。

新世界から出て来て道頓堀で商売させていただいて、縁があって道頓堀商店会の会長までさせていただいた。そやから道頓堀に恩を返さなあかんと思ってます。これは是非やりたいんですが、夜は屋上のだるま大臣から道頓堀川に向かって、イルミネーションを映すことができます。「道頓堀行進曲」を小さく流して、歌詞にあるように水面を紅い灯青い灯で染めて、川のある風景をカップルに眺めてもらいたい。現代のごちゃごちゃっとした道頓堀と、昔から芝居町である道頓堀を融合させて、ほんまは情緒のある大人の街やったんやでということを知ってもらいたいと思うんです。

色彩だけやなく文字に変換して投影することもできるので、大阪ことばをユラユラした川面に映し出す。すると観光客はそれ見て「『あんじょう』ってナニ？」「『いけず』ってナニ？」と会話のキッカケになる。そんな大阪らしい話題を提供することもやれるんちゃうかと思ってますねん。

なんでもだるま大臣の頭のてっぺんからレーザー光線を天に向かって照射することができるんやそうで、……真っ先に航空法には抵触しないということを確認してますが……これができたら、遠くからも見える。大阪のぐるりの高台、生駒からも箕面からも、夜空に一筋の明るい光が見えて、「ああ、あそこが道頓堀の串かつのおっさんとこや！」というのが一発で分かるというわけです。

これができたら、大阪モデルのような緊急発令の場合、真っ赤な光を夜空に放つと、注意喚起も一発やなと思ったり、二度とそんなものが発令されるのは御免ですけど。

だるま大臣ひとつでも、ああもできるな、こうもできるなと考えてますねん。


十二月、まだ内装の工事は続いていましたが、外へ向けては連日、ビル全体を青い照明で包んで、医療従事者の皆さんへの感謝を表していたつもりでした。

久々に大阪へ来られた赤井先輩を、道頓堀だるまビルの屋上へと案内しました。

「これやな！　うわぁ～ごっついなぁ～、むちゃむちゃデカいやんか！」

テーマパークに連れて来た子どものように喜ぶ先輩の顔見て、こっちもうれしくなりました。先輩にいただいた縁がだるま大臣になって、ここまで大きくなりましたよ……そんな気持ちでいました。

「これはもう、間違いなく大阪名物になるなぁ～」

「はい、そうやとエエんですけど」

そびえ立つだるま大臣の背景が、いつの間にかあかね空へと変わっていました。

見上げているところへ、師走の風がびゅーびゅー容赦なく吹き付け、二人を震え上がらせました。

「さぶっ……！」

「降りまひょか」

「降りよッ！」

そのとき、一瞬、私の鼻先を潮の匂いがかすめました。

気のせいかと思いましたが、目の前の道頓堀川の匂いやない。この川をまっすぐ西へとたどれば大阪湾へと出ます。風向きによっては大阪湾の潮の匂いが川面を伝って道頓堀まで遡ってくるんやと気がついたんです。

きれいに忘れとったけど、大古の時代から茅渟《ちぬ》の海といわれてきた豊かな海がすぐそこにあるんや。

やっぱり、大阪やなあ……。

ふと、大阪にいるうれしさに、胸が温《あたた》こうなりました。

エピローグ

その後も新型コロナウイルスの猛威は一向に衰えず、二〇二〇東京五輪・パラリンピックは一年延期の二〇二一年夏に無観客で実施。そんななかで日本のアスリートたちはほんまにようよう頑張ってくれましたわ。「ワクチンが出回れば局面が変わる……」と言われてきて、日本も遅まきながらも順調に接種率を伸ばしてきたけど、またここへきてラムダ株など強毒化した変異種が聞こえてきたし、この先一体どないなんのか戦々恐々です。そんな中で、四回目の緊急事態宣言解除ですいわれても、すぐにはお客さん戻ってきまへんし。今までのような当たり前の日常が戻って来て、外食を楽しんでもらうようになるには、正直どれだけかかるのか想像もつきません。

コロナ最大の毒性は人と人を遠ざけることや。世の中を分断することにある、といわれてきました。切実にそない思います。我々の商売、みんなに出て来てもろて、ワイワイ言いながら楽しく飲んだり食べたりしてもらわんことには始まりません。串かつだけに死活問題……シャレでも言うてなしゃあない。リモート飲みなんかしたって、正直おいしいことおまへんやろ。人と人が体温感じるように、串かつちゅうのは熱々が身上、温度を感じてなんぼの料理やからです。うちらだけのことやない、飲食店も休業要請でずっと辛抱するしかなくて、もうええかげん限界にきてまっせ。次にまた休業要請きたら、耐え切れずバタバタ逝くんちがうかな。ウィズ・コロナとして同時に経済も動かして行く舵取りしてもらうしかないんやないかと思ってます。

大概いろんな壁にぶつかってきたけど、まさかこのタイミングで百年に一度のパンデミックという、人生最大最強の敵が待ち構えていようとは思いもよりませんでした。道頓堀に自社ビル建てて、本出して、よっしゃあドカンと花火をぶち上げたろ！と思った矢先や。そら、気持ちも落ちまっせぇ。強がってはみても、だるまも例外なく大打撃やからね、正味の話が。人生七転び八起きいうけども、オレの人生、まだ転ばしよんのか……と思ったね。そやけど、この借りを返さんわけにはいきまへん。必ず取り返したるからな、たいがいワシも執念深いからね。こんなもんでペシャンとなってたまるかい！

さまざまな産業構造が変容してしまうんでしょうな。サービス業、エンターテインメント、ウィズ・コロナのなかでも、家にいながらにして資本をかけずに発信するユーチューバーの台頭とか、さまざまな制約のあるなかやからこそ、新しいビジネスを考えだす奴はいる。自分の創意工夫で何ができるかを考える機会になったんやないでしょうか。あの時期をなんにも考えんと、ただビビッて籠もってた者とは、コロナ後、歴然とその差が生まれるのやないかと思うんですけどね。

ひょんなことからボクがだるまを継ぐことになったのは、四十歳の時でした。四十いうても、勢いだけで夢中で走りだした、今から考えたら中身の薄い恥ずかしいような青二才でした。怖いもの知らずやったけど、串かつの仕事を通して一つずつ成長させてもろたのは間違いありません。社会の仕組みであるとか、経営判断であるとか。それはボクだけやなく、みんなそうして大人になっていく訳ですけどね。

そやけど未だに知らんことって多いからね。ひとに教わって「えっ、そうなんか！」ということが度々あります。そやから人間一生勉強で、素直な気持ちで教わることができる限り、成長は続くんやと思ってるんです。

そやけど人間一生勉強……なんて言うても、これが若い奴らには響かへんねん。そのとおりやなって思えるようになるには年月が必要で、ほんまにそうやと思った時にはそないに時間が残されてないことに気づいたり、うまいこといかんもんです。

若い頃には「なんでこのオッサンら、分かれへんねん……」と山ほど思ったことがあるけど、この頃、一周回って自分に降りかかっているようで、若い連中の発想力には付いていけませんわ。いざ実現するに際しては、我々のような場数を踏んできた先輩の意見が必要になるんやけど。若い連中との間に信頼関係があればね、分からんことでも心配などせんと任せてます。

いろんな局面で、現実に即した経営判断を求められることが経営者いうもんです。もちろんいろんな意見やアドバイスは聞くけども、よし、これでいこうと最終判断をくだすのは常に自分ひとり、繰り返しになりますが経営者とは孤独なもんです。不安な顔など見せられへんでしょう。責任で圧し潰されそうになりながらも平気な顔して裁定を下さんならん。成功してもさして褒められもせず、失敗したら足は引っ張られても、叱ってくれる人などおらず。精神的にタフな人間でも何かに頼りたい、すがりたいみたいな気持ちになるのはよう分かります。そんなことから占い師を信じたり、宗教や信仰をもついう人もいるでしょう。

昔から、ビルの屋上などに小さな赤い鳥居の神社があるのはなんでやろって思ってたんやけど、ある時、ああそういうことなのかと気が付いたんです。それで経営者は迷いがなくなって、救われるということもあるよなあと腑に落ちました。

宗教じみた話に聞こえるかもしれへんけど、そんなつもりないんで、まあ聞いてください。

ボクは目に見えないものを信じることというのは、大事なことではないかと思うんです。ここまでに何度も「運」と「縁」に恵まれてきたと書いてきたけど、それはほんまにさまざまな局面で、ボクを引っ張り上げてくれた「運」や「縁」があって、そこには説明のしようがない、何か目に見えない力のようなものが働いてる気がしてならんかったんです。若い頃は「なんでやろなぁ、不思議なもんやなあ」で済ましてたことですけど。

そういう目に見えないものを信じるということは、決して悪いことではない。むしろ傲慢に陥らず、謙虚な自分へと戻してくれます。そして世の中のさまざまな動きにいちいち惑わされたり、揺さぶられたりすることなく、必要以上に迷うことなく真っ直ぐに進むことができる気がするんですね。

そういう思いもあって、一門会本社のボクの仕事部屋には神棚が祀ってあり、いくつかのスピリチュアルなものに囲まれています。

壁面には、鮮やかな墨痕で「○」とだけ書かれた書。これは年末の〝今年の漢字〟一文字を書かれる高僧、清水寺の森清範貫主が書いてくださった円相というもので、禅では悟りの象徴を表しているといいます。解釈は見る者に委ねられているもんやそうで、○は月にも太陽にも、球体にも円形にも輪にも見えるのです。円は円満であり、輪は人の輪であり、また永遠にも無限にもとれるんです。こちらの心の持ちようが映しだされる鏡のようなもので、じっと向き合っていると心が落ち着きます。

そんな禅宗を開かれたのが達磨大師……ほら、うちの屋号とも重なってきますがな。

傍らに、朱色の大きなダルマが一体あります。これは箕面の勝尾寺から来たもので、ある店で副住職とバッタリ再会したことから、道頓堀店の点灯式の時に運んでもらい、セレモニーで目を入れさしてもらいました。ここは勝ちダルマという縁起のいいダルマで有名な寺なので、転んでは起き、転んでは起き、己に打ち勝つ、それこそが串かつという、ウチのだるまという屋号に見事に重なってまいります。また僕の名前、勝也とも何やら縁があるような気がしてならんのです。

もともと神道系の高校だったので、学校内には学院神社があり、入学したら伊勢神宮へ参拝するというのが習わしでした。その際に、一斉に五十鈴川へ入り、身体を浸けて禊《みそぎ》をするという神事を行うんです。その当時は、なんでこんなことせなアカンねん……という感じでしたが、今となれば、よくぞさせてくれはったと思います。望んでできるものではありませんので。

今も毎年、ほぼ欠かさず伊勢へ参ります。玉砂利を踏んで、凛とした空気のなかを参拝すると、今年も無事にやって来られました、ありがとうございます……という気持ちにさせてもらえます。若い頃なら「来たでえ」ぐらいの態度だったでしょうが、えらい違いですわ。

近い将来、道頓堀のだるまビルの屋上に、神社をこしらえようとしてます。商売繁盛ばかりお願いしようなどとは思ってません。感謝する心というものを若い連中にも伝えていきたいなと考えてるんですけどね。

ここまできたらね、もう後戻りなんかできるもんやおまへん。とことんいくだけや思ってます。調子に乗っとる言われるんやったら、乗ったまんまどこまでいけるのかやってみたるだけです。

なんちゅうても還暦迎えたばっかりですからね、ボク。これからですよ。一時は後輩にトップの座を譲ることも考えて……などと思ってもみましたが、いやいや、コロナにこんなボロクソにされた限りは、この手でやり返さんことには辛抱たまりません。世の中の変容を見ながら、もうひと暴れしたるつもりです。万博かてやってきます。夢半ばで手を引いた海外戦略も、もう一回どこかでチャレンジしたろかと思ってますしね。わくわくするほうへ、面白い匂いのするほうへいったるつもりです。

大阪、しょぼくれてたらアカンでしょう。

本社機能を東京にもっていかれて、東京の背中ばっかり気にしてる場合やないよ。大阪の人間、委縮してたらアカンわ。民間がなんか周りの顔色ばっかりうかがってるから、しょぼいもんしか生まれへん。すぐ前例がないとか予算がないとか言いよんねん。役人みたいなこと言うてたらあきまへんて。

金がない言うならば、そのぶん知恵を絞って、汗かいて、寝る時間削ってでもことに当たりましょう。それぐらいの情熱と覚悟をもとうということです。

大阪人やったら大阪人らしく、いつでもおもろいこと考えなアカン思うんです。常識や過去の前例でブレーキかけるのは簡単なことですやん。前向きにまず走りだしてみたらどうですねん。失敗したらまたやり直したらよろしいやん。

おとなしゅうしてたらあきません。なんかやりましょう、他人のやらんことをやりましょう。そうやってチャレンジせんことには、現状に風穴あけることなんかできません。大阪人やもん、おもろいのが先、理屈は後……とにかく行動せな。イケイケの男で来たボクは、やっぱりイケイケでいったらなアカンのとちゃうかな。

これからが丸儲けぞよ娑婆遊び……という句がありますけど、まさにこっからが面白い。この先、面白いことが待ってますねん。まだまだスイッチ入れるつもりやからね。まあ、見ててや。コケてもコケても立ち上がりますのや、だるまっちゅうのは。

だるまの原点

1929年（昭和四年）「たこ菱」誕生

お好み焼き、たこ焼きと並んで、大阪を代表する味となった「串かつ」。生まれは昭和の初め、新世界。奈良県八木町出身の百野ヨシヱが、昭和四年に出した屋台「たこ菱」（だるまの前身）。職人・俥夫多い界隈で、流行りだしていた洋食をより簡便に食べられるように、

初代　百野ヨシヱ

串かつだるま
創業90年の歩み

一口大に串を刺し、一本一銭の安さも、お腹に溜まる厚めの衣も、ドップリつけられる共用ウスターソースも、客との交流のなか、まさに人情から生まれた「うまいもん」だった。今では、当たり前となった「二度づけ禁止」のルールも、食べ放題のキャベツも、この「だるま」から生まれたといえるだろう。

店舗の数も規模もあの頃とはまったく異なるが、90年経っても変わらないのは、四代にわたって受け継がれてきた「味」。いかに時代や場所が変わろうと、ブレない「だるま」の根幹となっている。今後も、「大阪の味といえば、串かつ」「串かつといえば、だるま」といわれる未来を目指して、だるまは精進し続ける。

だるまに
歴史ありやな！

メニューも
豊富に！

二代目
百野正雄

二代目が考案、串かつのバラエティ

昭和八年、板前だった正雄が現在の串かつにつながるメニューを増やしていった。昭和十二年、結婚を機に二代目を継ぎ、大勢の女子衆を使う繁盛店になる。
中央背広姿が正雄。右に妻かづゑ。正雄の前に長女・好子、後列右端の男性が抱く長男・貴彦。

三代目
百野貴彦

守り続けて
40年！

焼け跡に甦った「だるま」。一家相伝の味を三代目へ

昭和二十三年、戦争で焼失した「たこ菱」は「だるま」の名前で甦った。父母を好子が手伝い、昭和三十四年からは三代目となる貴彦が加わり、堅く真面目に働き続けた。貴彦がハルヱと所帯をもってからは、好子は退き、夫婦で現在の総本店を守り抜いた。

歩みはつづくで！

串かつだるま
創業90年の歩み

1929年	昭和四年、初代 百野ヨシヱ「たこ菱」創業
1937年	二代目 百野正雄が継承
1945年	大阪大空襲で新世界ごと焼失
1948年	「串かつ だるま」に屋号変更
1959年	三代目 百野貴彦が継承
2001年	11月 四代目 上山勝也が継承 総本店リニューアルオープン
2002年	11月 ジャンジャン店オープン
2003年	1月 有限会社一門会設立
2004年	7月 道頓堀店オープン

四代目となった上山。受け継いだ総本店をリニューアル後は、伝統の味を守りつつ、「大阪名物いうたら串かつ」と言ってもらえるように、一店また一店と着実に店をつくっていった。

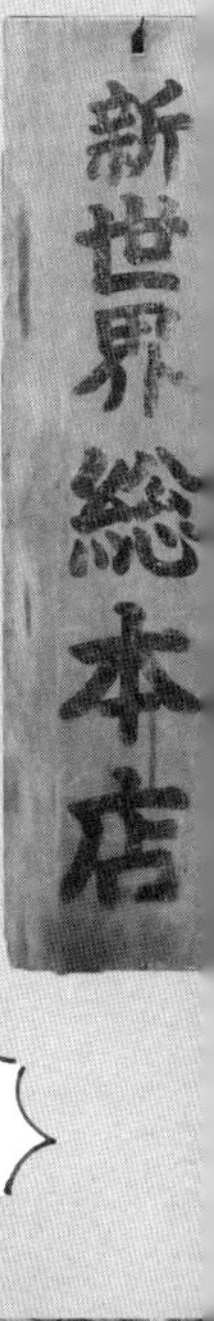

2001年
心機一転
再オープン!
上山勝也が四代目 継承。
総本店をリニューアルオープン

初支店
オープン!

2002年
だるまの2号店
ジャンジャン店オープン

2005年
1月 株式会社化
7月 通天閣店、12月 法善寺店オープン

2007年
10月 なんば本店オープン

2008年
10月 道頓堀店移転リニューアル

2010年
2月 だるま北新地店オープン
6月 だるま きわ味北新地店オープン

2011年
5月 ルクア大阪店オープン
9月 新大阪駅なか店オープン

2013年
4月 心斎橋店オープン

2014年
12月 動物園前店オープン

2015年
7月 アルデ新大阪店オープン

2017年
2月 クロス茶屋町店オープン
4月 だるま 銀座きわ味店オープン

2020年
巨大なだるま大臣が話題を呼ぶ

2021年
2月 ホワイティうめだ店オープン
3月 道頓堀店リニューアルオープン

2005年
通天閣店オープン

2020年
道頓堀店に
巨大だるま大臣誕生

なにがコワイ街やねん！

串かつだるまと新世界

ジャンジャン横丁

かつて飛田遊郭への通い路で、正式名称を南陽通商店街。南北130メートルの両側に50軒、串かつやホルモン、寿司のほか、将棋場や射的があり、レトロ感抜群。

1903（明治三十六）年、第五回内国勧業博覧会が開かれ、五カ月で530万人の大盛況を博し、大阪人の万博好きはこの時に始まった。跡地に遊園地ルナパークと、エッフェル塔と凱旋門を真似た初代通天閣が建った。僅か75メートルだが、東洋一の高さと謳われた。大正期には天王寺動物園ができ、大正芸者、大阪国技館が生まれた。昭和に入ると女給がいるカフェーが台頭。洋食屋もあったが庶民にはなじみが薄く、洋食＝ソース味だった時代、そこへ向けていち早く串かつ（一銭洋食・一銭カツと呼ばれた）を売り出したのが「たこ菱」だった。戦後は、映画・ストリップ・びっくりぜんざい・てっちりの街となる。治安の風評と万博後の不景気で低迷した人気は90年頃まで続くが、独特のレトロ感が再発見されて数々の映画やドラマの舞台となり、次第に見直されていった。

通天閣本通商店街

地下鉄「恵美須町」駅へとつながる新世界の玄関口。明治初期開店の堂々とした大店が並んでいた。蕎麦の「総本家更科」に昔の栄華がしのばれる。

放射状にのびる通り

パリ市街地を真似た放射状の三本の道が北へと延びた。恵美須通（通天閣本通）、玉水通（春日通）、合邦通。四天王寺や一心寺参りの客で溢れ、屋台店も多かったという。

串かつだるま with 赤井英和

赤井英和（あかいひでかず　1959年8月17日生）。大阪市西成区今池町出身。俳優、タレント・元プロボクサー。ボクサーとして「浪速のロッキー」の異名をとる活躍を見せたあと、俳優に転身。現在は、関西ではバラエティを主に、東京では俳優としての活動が主体。

赤井は中学時代から「だるま」へ通い始め、黙々と揚げる百野夫妻の串かつがことのほか、気に入っていた。ジムの帰りに寄ったり、俳優になってからは来阪の度に立ち寄る常連客であった。しかし、2000年頃、店主が健康上の理由で廃業を検討していると知った。「この味は失くしてはアカン、串かつ発祥の名店は残さんと」と奔走し、浪速高校ボクシング部の後輩で当時サラリーマンだった上山勝也に声をかけ、なかば命令のごとく店主のもとで修業させた。

こうして「だるま」は再び暖簾を掲げ、以降も次々に支店を出していった。店の危機を救おうとするほど、だるまを愛してやまない赤井は、各番組で屋号を言い続け、今なら広告と知らせず広告するステマと言われそうだが、純粋に自分が食いたいから潰れてほしくないという単純な思いからだった。

試してみてや!

赤井英和 直伝 いち推しメニュー

やっぱりコレやな
豚かつとの最強タッグや!

赤井英和が広めた味!

1 豚かつキムチのせ

言うたらなんやけど、これはワシの発明ぢゃ。まずどっぷりとソースに浸けて一口はそのまま。もう一口にキムチのせてみいな。鶴橋で作らせてる特製キムチが豚肉とどんだけ合うか!

2 どて焼き

食わずにおれんのや

牛すじの煮込みや。先代の頃は串に刺さってたけど、すばやく出すために串をやめたという、どてだけに苦肉の策や。白味噌ベースのこのまったりとした甘みが大阪の味ちうもんや。

とろけてまうわ〜

3 チーズ

ワシらがチーチクと呼ぶちくわのチーズ詰めはゼヒもんや。普通はプロセスやけど、店によるがカマンベール、ゴーダ、びよ〜んと伸びるモッツァレラもうまい。女子はぞっこんやな。男子もたのみや。

これぞ！

創業90年 元祖のこだわり！

だるまの串かつ

元祖串かつ

常連さんが「まず串かつ五本！」などと
最初にたのむのがコレ。アッサリした牛モモ肉を
カリッと香ばしく揚げた看板商品。
これがないと「串かつだるま」は始まらん！
（ビール止まらんようになっても知らんで）

なんぼでも
いけるわい！

だるまのソース

初代 百野ヨシヱが世に送り出したソース。
二代目の頃はもっと甘くて、三代目が長年かけて
納得できる味にした。ドボッと浸けてちょうどいい。

二度づけ禁止やで!!

だるまのニューノーマル！

二度づけ禁止の ボトルソース

姿は変われどもだるまの味と心は
そのままやで！ ドバッとかけてや！

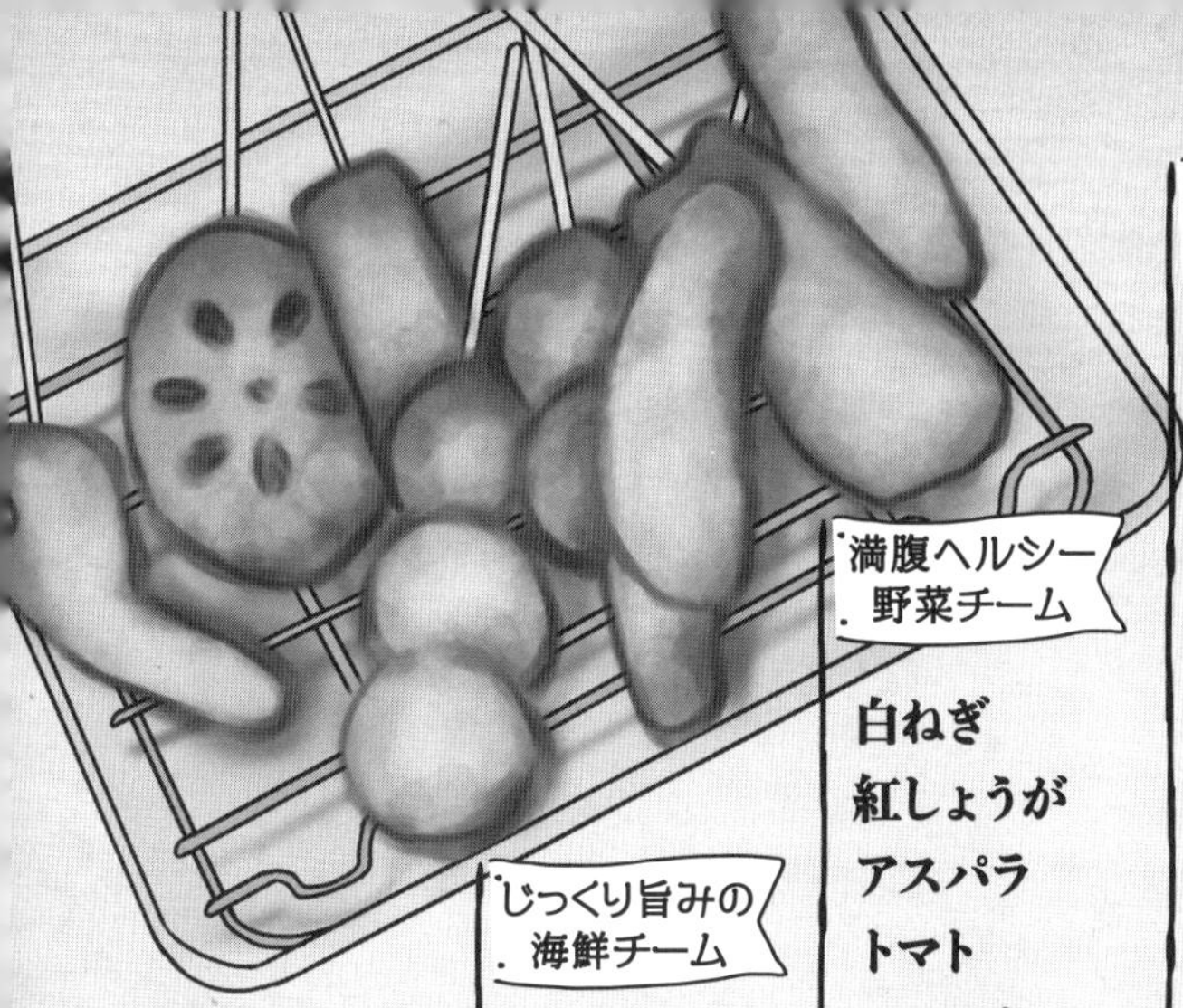

大公開!! だるまの串かつ全メニュー

カツといえば肉!チーム

元祖串かつ
うずら玉子
とり皮
つくね
鳥から揚げ
ささみガーリック
豚かつ
なんこつ
ずり
牛タンつくね

満腹ヘルシー野菜チーム

白ねぎ
紅しょうが
アスパラ
トマト
ニンニク
じゃがいも
さつまいも
レンコン
たまねぎ
シイタケ

じっくり旨みの海鮮チーム

たこ
キス
ホタテ
ししゃも
ハモ（夏限定）
カキ（冬限定）

バラエティーチーム

ウインナー
もち
チーズ
子持ちこんにゃく
どて焼き

どて焼き

梅に鶯、松に鶴、串かつにはどて焼き。
この白味噌の具合が上方の味。
串やないで！割箸つこてや！

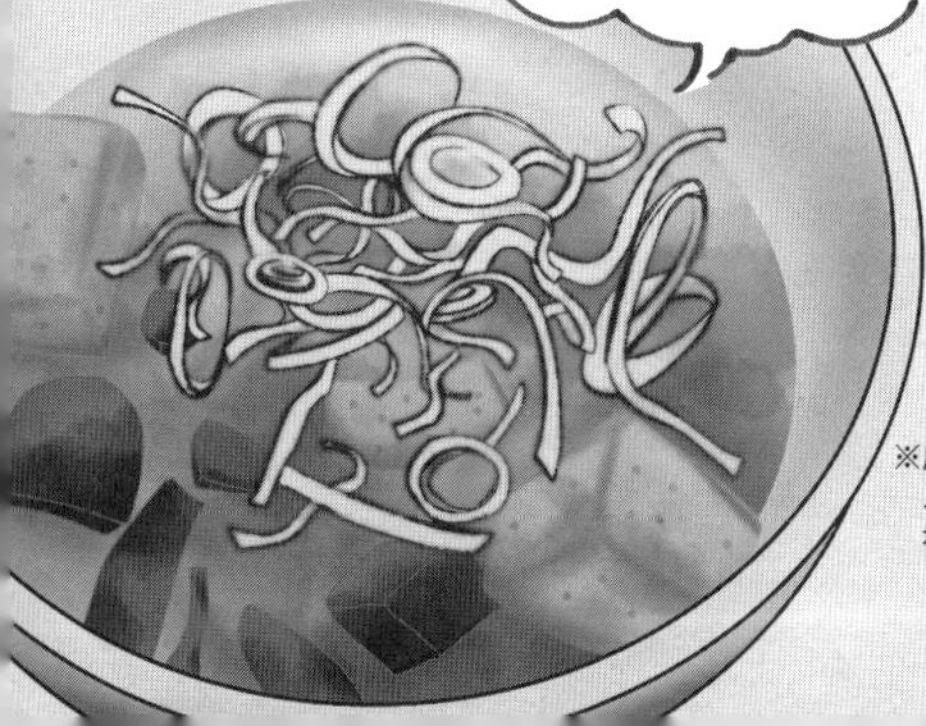

※店舗によって一部のメニューが異なる場合があります

上山勝也（うえやま・かつや）

株式会社一門会 代表取締役会長兼社長
浪速高等学校、近畿大学・ボクシング部出身
先代串かつだるまの三代目大将が病に倒れ閉店危機になった際、上山と同じく串かつだるまの常連客であった浪速高校時代のボクシング部の先輩・赤井英和氏から串かつだるまを継ぐように説得される。そして当時勤めていたガソリンスタンドを運営する会社を辞め、三代目大将のもとで修業したのちに四代目大将となる。赤井氏と親交があることから多くの芸能人・有名人と交流があり、テレビ番組にも多数出演している。社会貢献の一環として、刑務所出所者や少年院出院者の社会復帰を支援する「職親プロジェクト」に参加し、実際に店舗で雇用している。

桜井ひろし（さくらい・ひろし）

放送作家
毎日放送『あまからアベニュー』から経歴をスタートさせて、30年余り、食に関わるテレビ番組などの構成台本を担当。また長年、食関連の月刊誌で取材・記事執筆を行う。赤井英和氏の芸能界デビューのきっかけとなった『浪速のロッキーのどついたるねん―挫折した男の復活宣言』（講談社）以降、赤井氏関連本も多数構成。

本書についての
ご意見・ご感想はコチラ

二度づけはあきまへん
新世界だるまが歩んだ90年

2021年11月18日 第1刷発行

著　者　　上山勝也　桜井ひろし
発行人　　久保田貴幸

発行元　　株式会社 幻冬舎メディアコンサルティング
〒151-0051　東京都渋谷区千駄ヶ谷4-9-7
電話　03-5411-6440（編集）

発売元　　株式会社 幻冬舎
〒151-0051　東京都渋谷区千駄ヶ谷4-9-7
電話　03-5411-6222（営業）

印刷・製本　瞬報社写真印刷株式会社
装　丁　　榛葉眞利子

検印廃止

Printed in Japan
ISBN 978-4-344-93111-4 C0093
幻冬舎メディアコンサルティングＨＰ
http://www.gentosha-mc.com/